剪一缕月光

汪曾祺等 著

九州出版社
JIUZHOUPRESS

清风暖阳之下

简而美地生活

掩耳不听那尘世喧嚣

感受世间宁静的快乐

在你眼睛里我找到了童年的梦，

如在秋天的园子里找到了迟暮的花……

人们只怕不会做梦，
光剩下一颗枯焦的心儿，一片片逐渐剥落。

蛛丝和梅花　林徽因　041

梧桐树　丰子恺　049

竹刀　陆蠡　055

溪　陆蠡　069

信　方令孺　077

秋海棠　何其芳　083

目录

我有一个梦 张晓风 001
葡萄月令 汪曾祺 011
草木春秋 汪曾祺 021
晚茶 简媜 033
一株行走的草 简媜 037

故乡的杨梅　鲁彦　133
雨前　何其芳　141
黄昏　何其芳　145
独语　何其芳　153
简单　三毛　159

清华园之菊　孙福熙　089
快阁的紫藤花　徐蔚南　103
迟暮的花　何其芳　109
爱是我们最后的希望　杏林子　117
雪　鲁彦　125

窗　钱锺书　167
观火　梁遇春　175
野草　夏衍　183
昆虫的故事　孙犁　187

人的一生，真正的欢乐，
在于童年。

成年以后的欢乐，
则常带有种种限制。

搞艺术的人千万不能当
「车前子」，不能叫人烧心反胃。

我不欢喜这揣测的臆谈，
谁能够相信这桃源的故事？

我有一个梦

张晓风

要一间平房，要房外的亭台楼阁花草树木，要春风穿户，夏雨叩窗的野趣，还要空山幽蛩，笙瑟溢耳。

我有一个梦，我不太敢轻易地把这梦说给别人听，怕遭人耻笑——毕竟，在这个世界上敢于去梦想的人并不多。

让我把故事从许多年前说起：南台湾的小城，一个女中的校园。六月，成串的黄花沉甸甸地垂自阿勃拉花树。风过处，花雨成阵，松鼠在老树上飞奔如急箭，音乐教室里传来三角大钢琴的琤琮流泉……

所谓学习音乐，应该不止是一本音乐课本、一个音乐老师。它岂不是也包括那阵雨初霁的午后，那熏人欲醉的南风，那树梢悄悄的风声，那典雅的光可鉴人的大钢琴，那开向群树的格子窗……

近年来，我有机会参观一些耗资数百万或上千万的自然科学实验室。明亮的灯光下，不锈钢的颜色闪烁着冷然且绝对的知性光芒。令人想起伽利略，想起牛顿，想起历史回廊上那些伟大耸动的名字。实验室已取代古人的孔庙，成为现代人知识的殿堂，人行至此都要低声下气，都要“文武百官，至此下马”。

人文方面的教学也有这样伟大的空间吗？有的。英文教室里，每人一副耳机，清楚的录音带会要你把每一节发音都校正清楚，电视画面上更有生动活泼的镜头，诱导你可以做个“字正腔圆”的“英语人”。

每逢这个时候，我就暗自叹息，在我们这号称为中国的土地上，有没有哪一个教育行政人员，肯把为物理教室、化学教室或英语教室所花的钱匀出一部分用在中国语文教室里的？换句话说，我们可以来盖一间国学讲坛吗？

当然，你会问：“什么叫国学讲坛？国文哪需要什么讲坛？国学讲坛难道需要望远镜或显微镜吗？国文需要光谱仪吗？国文教学不就只是一位戴老花眼镜的老先生凭一把沙喉老嗓就可以廉价解决的事吗？”

是的，我承认，曾经有位母亲，蹲在地上，凭一根树枝、一堆沙子，就这样，她教出了一位欧阳修来。只要有一个公尺见方的地方，只要有一位热诚的教师和学生，就能完成一场成功的教学。

但是，现在是九十年代了，我们在一夕之间已成暴富，手上捧着钱茫茫然不知该做什么……为什么在这种时候，我们仍然要坚持阳春式的国文教学呢？

我有一个梦。

我梦想在这号称为中国的土地上，除了能为英文为生物为化学为太空科学设置实验室之外，也有人肯为国文设置一间讲坛。

我梦想有一位国文教师在教授“好鸟枝头亦朋友，落花水面皆文章”的时候，窗外有粉色羊蹄甲正落入春水的波面，苦楝树上也刚好传来鸟鸣，周围的环境恰如一篇舞台布景板，处处笺注着白纸黑字的诗。

晚明吴从先有一段文字读之目醉神驰，他说：“斋欲深，槛欲曲，树欲疏，萝薜欲青垂；几席、阑干、窗窦，欲净滑如秋水；榻上欲有云烟气；墨池、笔床，欲时泛花香。读书得此护持，万卷尽生欢喜。琅嬛仙洞，不足羡矣。”

吴从先又谓：“读史宜映雪，以莹玄鉴。读子宜伴月，以寄远神。……读《山海经》、《水经》、丛书小史，宜倚疏花瘦竹，冷石寒苔，以收无垠之游，而约缥缈之论。读忠烈传，宜吹笙鼓瑟以扬芳。读奸佞传，宜击剑捉酒以销愤。读‘骚’宜空山悲号，可以惊壑。读赋宜纵水狂呼，可以旋风……”

——啊，不，这种梦太奢侈了！要一间平房，要房外的亭台楼阁花草树木，要春风穿户，夏雨叩窗的野趣，还要空山幽壑，笙瑟溢耳。这种事，说出来——谁肯原谅你呢？

那么，退而求其次吧！只要一间书斋式的国学讲坛吧！要一间安静雅洁的书斋，有中国式的门和窗，有木质感觉良好的桌椅，你可以坐在其间，你可以第一次觉得做一个中国人也是不错的事，也有其不错的感觉。

那些线装书——就是七十多年前差点遭一批激进分子丢到茅厕坑里的那批——现在拿几本来放在桌上吧！让年轻人看看宋刻本的书有多么典雅娟秀，字字耐读。

教师的前方，不妨有“杏坛”两字，如果制成匾，则悬挂高墙，如果制成碑，则立在地上。根据《金石索》的记录，在山东曲阜的圣庙前，有金代党怀英所书“杏坛”两字，碑高六尺（指汉制的六尺），宽三尺，字大一尺八斗。我没有去过曲阜，不知那碑如今尚在否？如果断碑尚存，则不妨拓回来重制，如果连断碑也不在了，则仍可根据《金石索》上的图样重刻回来。

唐人钱起的诗谓：“更怜童子宜春服，花里寻师到杏坛。”百年来我们的先辈或肝脑涂地或胼手胝足，或躲在防空洞里读其破本残卷，或就着油灯饿着肚子皓首穷经——但这一切是为了什么？岂不是为了让我们的下一代活得幸福光彩，让他们可以穿过美丽的花径，走到杏坛前去接受教化，去享受一个中国少年的对中国文化理所当然的继承权。

教室里，沿着墙，有一排矮柜，柜子上，不妨放些下课时可以把玩的东西。一副竹子搁臂，凉凉的，上面刻着诗。

一个仿制的古翁，上面刻着元曲，让人惊讶古代平民喝酒之际也不忘诗趣。一把仿同治时代的茶壶，肚子上面刻着一圈二十个字：“落雪飞芳树，幽红雨淡霞，薄月迷香雾，流风舞艳花。”学生正玩着的时候，你可以告诉孩子们这是一首回文诗，全世界只有中国的语言可以做的回文诗。而所谓回文诗，你可以从任何一个字念起，意思都通，而且都押韵。当然，如果教师有点语言学的知识，他可以告诉孩子汉语是孤立语（Isolating Language），跟英文所属的屈折语（Inflectional Language）不同。至于仿长沙马王堆的双耳漆器酒杯，由于是砂胎，摇起来里面还会响呢！这比电动玩具可好玩多了吧？酒杯上还有篆文，“君幸酒”三个字，可堪细细看去。如果找到好手，也可以用牛肩胛骨做一块仿古甲骨文，所谓学问，有时固然自苦读中来，有时也不妨从玩耍中得来。

墙上也有一大片可利用的地方，拓一方汉墓石，如何？跟台北画价动辄十万相比，这些古物实在太便宜了，那些画像砖之浑朴大方，令人悠然神往。

如果今天该讲岳飞的《满江红》，何不托人到杭州岳王坟上拓一张岳飞真迹来呢？今天要介绍“月落乌啼霜满天”吗？寒山寺里还有俞樾那块诗碑啊！如果把康南海的那一幅比照来看，就更有意思，一则“古钟沦日史”的故事已呼之欲出。杜甫成都浣花溪的千古风情，或诸葛武侯祠的高风亮节，都可以在一幅幅挂轴上留下来。

你喜欢有一把古琴或古筝吗？有，也可以，没有，也可以。这种事不妨即兴。

你喜欢有一点檀香加茶香吗？有，也可以，没有，也可以，这种事只消随缘。

如果学生兴致好，他们可以在素净的钵子里养一盆素心兰，这样，他们会了解什么叫中国式的芬芳。

教室里不妨有点音响设备，让听惯麦当娜的耳朵，听一听什么叫笛？什么叫箫？什么叫“把乌”？什么叫筚篥……

你听过“鱼洗”吗？一只铜盆，里面镌刻着细致的鱼纹，你在盆里注上大半盆水，然后用手微微打湿，放在铜盆的双耳上摩擦，水就像细致如丝的喷柱，激射而出——啊，世界上竟有这么优雅的玩具。当然，如果你要用物理上的“共振”来解释它，也很好。如果你不解释，仅只让下了课孩子去“好奇一下”，也就算够本。

如果有好端砚，就放一方在那里。你当然不必迷信这样做就能变化气质。但砚台也是可以玩可以摸的，总比玩超人好吧？那细致的石头肌理具有大地的性格，那微凹的地方是时间自己的雕痕。

你要让年少的孩子去吃麦当劳，好吧，由你。你要让他们吃肯德基？好，请便。但，能不能，在他年少的时候，在小学，在中学，或者在大学，让他有机会坐在一间中国式的房子里。让他眼睛看到的是中国式的家具和摆设，让他手摸到的是中国式的器皿，让他——我这样祈祷应该不算过分吧——让他忽然对自己说：“啊，我是一个中国人！”

音乐有教室，因为它需要一个地方放钢琴。理化有教室，以为它需要一个空间放仪器。“国父思想”和“军训”各有教室，体育则花钱更多。那么，容不容许辟一间国学讲坛呢？这样的梦算不算妄想呢？如果我说，教国文也需要一间讲坛——那是因为我有一整个中国古典文化梦想放在里面啊！

我有一个梦！这是一个不忍告诉别人，又不忍不告诉别人的梦啊！

葡萄月令

汪曾祺

下过大雨，你来看看葡萄园吧，那叫好看！白的像白玛瑙，红的像红宝石，紫的像紫水晶，黑的像黑玉。

一月，下大雪。

雪静静地下着。果园一片白。听不到一点声音。

葡萄睡在铺着白雪的窖里。

二月里刮春风。

立春后，要刮四十八天“摆条风”。风摆动树的枝条，树醒了，忙忙地把汁液送到全身。树枝软了。树绿了。

雪化了，土地是黑的。

黑色的土地里，长出了茵陈蒿。碧绿。

葡萄出窖。

把葡萄窖一锹一锹挖开。挖下的土，堆在四面。葡萄藤露出来了，乌黑的。有的梢头已经绽开了芽苞，吐出指甲大的苍白的小叶。它已经等不及了。

把葡萄藤拉出来，放在松松的湿土上。

不大一会，小叶就变了颜色，叶边发红；——又不大一会，绿了。

三月，葡萄上架。

先得备料。把立柱、横梁、小棍，槐木的、柳木的、杨木的、桦木的，按照树棵大小，分别堆放在旁边。立柱有汤碗口粗的、饭碗口粗的、茶杯口粗的。一棵大葡萄得用八根、十根，乃至十二根立柱。中等的，六根、四根。

先刨坑，竖柱。然后搭横梁。用粗铁丝拉紧。然后搭小棍，用细铁丝缚住。

然后，请葡萄上架。把在土里趴了一冬的老藤扛起来，得费一点劲。大的，得四五个人一起来。“起！起！”哎，它起来了，把它放在葡萄架上，把枝条向三面伸开，像五个指头一样的伸开，扇面似的伸开。然后，用麻筋在小棍上固定住。葡萄藤舒舒展展，凉凉快快地在上面诗着。

上了架，就施肥。在葡萄根的后面，距主干一尺，挖一道半月形的沟，把大粪倒在里面。葡萄上大粪，不用稀释，就这样把原汁大粪倒下去。大棵的，得三四桶。小葡萄，一桶也就够了。

四月，浇水。

挖窖挖出的土，堆在四面，筑成垄，就成一个池子。池里放满了水。葡萄园里水气泱泱，沁人心肺。

葡萄喝起水来是惊人的。它真是在喝哎！葡萄藤的组织跟别的果树不一样，它里面是一根一根细小的导管。这一点，中国的古人早就发现了。《图经》云：“根苗中空相通。圃人将货之，欲得厚利，暮溉其根，而晨朝水浸子中矣，故俗呼其苗为木通。”“暮溉其根，而晨朝水浸子中矣”，是不对的，葡萄成熟了，就不能再浇水了。再浇，果粒就会涨破。“中空相通”却是很准确的。浇了水，不大一会，它就从根直吸到梢，简直是小孩嘬奶似的拼命往上嘬。浇过了水，你再回来看看吧：梢头切断过的破口，就嗒嗒地往下滴水了。

是一种什么力量使葡萄拼命地往上吸水呢？

施了肥，浇了水，葡萄就使劲抽条、长叶子。真快！原来是几根根枯藤，几天工夫，就变成青枝绿叶的一大片。

五月，浇水，喷药，打梢，掐须。

葡萄一年不知道要喝多少水，别的果树都不这样。别的果树都是刨一个“树碗”，往里浇几担水就得了，没有像它这样的：“漫灌”，整池子的喝。

喷波尔多液。从抽条长叶，一直到坐果成熟，不知道要喷多少次。喷了波尔多液，太阳一晒，葡萄叶子就都变成蓝的了。

葡萄抽条，丝毫不知节制，它简直是瞎长！几天工夫，就抽出好长的一截的新条。这样长法还行呀，还结不结果呀？因此，过几天就得给它打一次条。葡萄打条，也用不着什么技巧，是个人就能干，拿起树剪，劈劈啪啪，把新抽出来的一截都给它铰了就得了。一铰，一地的长着新叶的条。

葡萄的卷须，在它还是野生的时候是有用的，好攀附在别的什么树木上。现在，已经有人给它好好地固定在架上了，就一点用也没有了。卷须这东西最耗养分，凡是作物，都是优先把养分输送到顶端，因此，长出来就给它掐了，长出来就给它掐了。

葡萄的卷须有一点淡淡的甜味。这东西如果腌成咸菜，大概不难吃。

五月中下旬，果树开花了。果园，美极了。梨树开花了，苹果树开花了，葡萄也开花了。

都说梨花像雪，其实苹果花才像雪。雪是厚重的，不是透明的。梨花像什么呢？梨花的瓣子是月亮做的。

有人说葡萄不开花，哪能呢，只是葡萄花很小，颜色淡黄微绿，不钻进葡萄架是看不出的，而且它开花期很短。很快，就结出了绿豆大的葡萄粒。

六月，浇水、喷药、打条、掐须。

葡萄粒长了一点了，一颗一颗，像绿玻璃料做的纽子。硬的。

葡萄不招虫。葡萄会生病，所以要经常喷波尔多液。但是它不像桃，桃有桃食心虫；梨，梨有梨食心虫。葡萄不用疏虫果。果园每年疏虫果是要费很多工的。虫果没有用，黑黑的一个半干的球，可是它耗养分呀！所以，要把它“疏”掉。

七月，葡萄“膨大”了。

掐须、打条、喷药，大大地浇一次水。

追一次肥。追硫铵。在原来施粪肥的沟里撒上硫铵。然后，就把沟填平了，把硫铵封在里面。

汉朝是不会有追这次肥的，汉朝没有硫铵。

八月，葡萄“着色”。

别以为我这里是把画家的术语借用来了。不是的。这是果农的语言，他们就叫“着色”。

下过大雨，你来看看葡萄园吧，那叫好看！白的像白玛瑙，红的像红宝石，紫的像紫水晶，黑的像黑玉。一串一串，饱满、瓷棒、挺括，璀璨琳琅。你就把《说文解字》里的玉字偏旁的字都搬了来吧，那也不够用呀！

可是你得快来！明天，对不起，你全看不到了。我们要喷波尔多液了。一喷波尔多液，它们的晶莹鲜艳全都没有了，它们蒙上一层蓝兮兮、白糊糊的东西，成了磨砂玻璃。我们不得不这样干。葡萄是吃的，不是看的。我们得保护它。

过不两天，就下葡萄了。

一串一串剪下来，把病果、瘪果去掉，妥妥地放在果筐里。果筐满了，盖上盖，要一个棒小伙子跳上去蹦两下，用麻筋缝的筐盖。新下的果子，不怕压，它很结实，压不坏。倒怕是装不紧，逛里逛当的。那，来回一晃悠，全得烂！

葡萄装上车，走了。

去吧，葡萄，让人们吃去吧！

九月的果园像一个生过孩子的少妇，宁静、幸福，而慵懒。

我们还给葡萄喷一次波尔多液。哦，下了果子，就不管了？人，总不能这样无情无义吧。

十月，我们有别的农活。我们要去割稻子。葡萄，你愿意怎么长，就怎么长着吧。

十一月。葡萄下架。

把葡萄架拆下来。检查一下，还能再用的，搁在一边。糟朽了的，只好烧火。立柱、横梁、小棍，分别堆垛起来。

剪葡萄条。干脆得很，除了老条，一概剪光。葡萄又成了一个秃子。

剪下的葡萄条，挑有三个芽眼的，剪成二尺多长的一截，捆起来，放在屋里，准备明春插条。

其余的，连枝带叶，都用竹笤帚扫成一堆，装走了。

葡萄园光秃秃。

十一月下旬，十二月上旬，葡萄入窖。

这是个重活。把老本放倒，挖土把它埋起来。要埋得很厚实。外面要用铁锹拍平。这个活不能马虎。都要经过验收，才给记工。

葡萄窖，一个一个长方形的土墩墩。一行一行，整整齐齐地排列着。风一吹，土色发了白。

这真是一年的冬景了。热热闹闹的果园，现在什么颜色都没有了。眼界空阔，一览无余，只剩下发白的黄土。

下雪了。我们踏着碎玻璃碴似的雪，检查葡萄窖，扛着铁锹。

一到冬天，要检查几次。不是怕别的，怕老鼠打了洞。葡萄窖里很暖和，老鼠爱往这里面钻。它倒是暖和了，咱们的葡萄可就受了冷啦！

草木春秋

汪曾祺

人不管走到哪一步，总得找点乐子，想一点办法，老是愁眉苦脸的，干吗呢！

木芙蓉

浙江永嘉多木芙蓉。市内一条街边有一棵，干粗如电线杆，高近二层楼，花多而大，他处少见。楠溪江边的村落，村外、路边的茶亭（永嘉多茶亭，供人休息、喝茶、聊天）檐下，到处可以看见芙蓉。芙蓉有一特别处，红白相间。初开白色，渐渐一边变红，终至整个的花都是桃红的。花期长，掩映于手掌大的浓绿的叶丛中，欣然有生意。

我曾向永嘉市领导建议，以芙蓉为永嘉市花，市领导说永嘉已有市花，是茶花。后来听说温州选定茶花为温州市花，那么永嘉恐怕得让一让。永嘉让出茶花，永嘉市花当另选。那么，芙蓉被选中，还是有可能的。

永嘉为什么种那么多木芙蓉呢？问人，说是为了打草鞋。芙蓉的树皮很柔韧结实，剥下来撕成细条，打成草鞋，穿起来很舒服，且耐走长路，不易磨通。

现在穿树皮编的草鞋的人很少了，大家都穿塑料凉鞋、旅游鞋。但是到处都还在种木芙蓉，这是一种习惯。于是芙蓉就成了永嘉城乡一景。

南瓜子豆腐和皂角仁甜菜

在云南腾冲吃了一道很特别的菜。说豆腐脑不是豆腐脑，说鸡蛋羹不是鸡蛋羹。滑、嫩、鲜，色白而微微带点浅绿，入口清香。这是豆腐吗？是的，但是用鲜南瓜子去壳磨细“点”出来的。很好吃。中国人吃菜真能别出心裁，南瓜子做成豆腐，不知是什么朝代，哪一位美食家想出来的!

席间还有一道甜菜，冰糖皂角米。皂角，我的家乡颇多。一般都用来泡水，洗脸洗头，代替肥皂。皂角仁蒸熟，妇女绣花，把绒在皂仁上“光”一下，绒不散，且光滑，便于入针。没有吃它的。到了昆明，才知道这东西可以吃。昆明过去有专卖蒸菜的饭馆，蒸鸡、蒸排骨，都放小笼里蒸，小笼垫底的是皂角仁，蒸得了晶莹透亮，嚼起来有韧劲，好吃。比用红薯、土豆衬底更有风味。但知道可以做甜菜，却是在腾冲。这东西很滑，进口略不停留，即入肠胃。我知道皂角仁的“物性”，警告大家不可多吃。一位老兄吃得口爽，弄了一饭碗，几口就喝了。未及终席，他就奔赴厕所，飞流直下起来。

皂角仁卖得很贵，比莲子、桂圆、西米都贵，只有卖干果、山珍的大食品店才有的卖，普通的副食店里是买不到的。

近几年时兴“皂角洗发膏”，皂角恢复了原来的功能，这也算是“以故为新”吧。

车前子

车前子的样子很有趣。叶贴地而长，近卵形，有长柄。在自由伸向四面的叶丛中央抽出细长的花梗，顶端有穗形花序，直立着。穗不多，少的只有一穗。画家常画之为点缀。程十发即喜画。动画片中好像少不了它。不知道为什么，这东西有一种童话情趣。

车前子可利小便，这是很多农民都知道的。

张家口的山西梆子剧团有一个唱“红”（老生）的演员，经常在几县的“堡”（张家口人称镇为“堡”）演唱，不受欢迎，农民给他起了个外号：“车前子”。怎么给他起了这么个外号呢？因为他一出台，农民观众即纷纷起身上厕所，这位“红”利小便。

这位唱“红”的唱得起劲，观众就大声喊叫：“快去，快，赶紧拿咸菜!”这又是怎么回事呢？吃白薯吃得太多了，烧心反胃，嚼一块咸菜就好了。这位演员的嗓音叫人听起来烧心。

农民有时是很幽默的。

搞艺术的人千万不能当“车前子”，不能叫人烧心反胃。

紫穗槐

在戴了“右派分子”的帽子以后，我曾经被发到西山种树。在石多土少的山头用镢头刨坑。实际上是在石头上硬凿出一个一个的树坑来，再把凿碎的砂石填入，用九齿耙搂平。山上寸土寸金，树坑就山势而凿，大小形状不拘。这是个非常重的活。我成了“右派”后所从事的劳动，以修十三陵水库和这次西山种树的活最重。那真是玩了命。

一早，就上山，带两个干馒头、一块大腌萝卜。顿顿吃大腌萝卜，这不是个事。已经是秋天了，山上的酸枣熟了，我们摘酸枣吃。草里有蝈蝈，烧蝈蝈吃！蝈蝈得是三尾的，腹大，多子。一会儿就能捉半土筐。点一把火，把蝈蝈往火里一倒，劈劈剥剥，熟了。咬一口大腌萝卜，嚼半个烧蝈蝈，就馒头，香啊。人不管走到哪一步，总得找点乐子，想一点办法，老是愁眉苦脸的，干吗呢！

我们刨了坑，放着，当时不种，得到明年开了春，再种。

据说要种的是紫穗槐。

紫穗槐我认识，枝叶近似槐树，抽条甚长，初夏开紫花，花似紫藤而颜色较紫藤深，花穗较小，瓣亦稍小。风摇紫穗，珊珊可爱。

紫穗槐的枝叶皆可为饲料，牲口爱吃，上膘。条可编筐。

刨了约二十多天树坑，我就告别西山八大处回原单位等候处理，从此再也没有上过山。不知道我们刨的那些坑里种上紫穗槐了没有。再见，紫穗槐！再见，大腌萝卜！再见，蝈蝈！

阿格头子灰背青

敕勒川，

阴山下。

天似穹庐，

笼盖四野。

天苍苍，

野茫茫，

风吹草低见牛羊。

北齐斛律金这首用鲜卑语唱的歌公认是北朝乐府的杰作，

写草原诗的压卷之作，苍茫雄浑，前无古人，后无来者。一千多年以来，不知道有多少“南人”，都从“风吹草低见牛羊”一句诗里感受到草原景色，向往不已。

但是这句诗有夸张成分，是想象之词。真到草原去，是看不到这样的景色的。我曾四下内蒙，到过呼伦贝尔草原，达茂旗的草原，伊克昭盟的草原，还到过新疆的唐巴拉牧场，都不曾见过“风吹草低见牛羊”。张家口坝上沽源的草原的草，倒是比较高，但也藏不住牛羊。论好看，要数沽源的草原好看。草很整齐，叶细长，好像梳过一样，风吹过，起伏摇摆如碧浪。这种草是什么草？问之当地人，说是“碱草”，我怀疑这可能是“草菅人命”的“菅”。“碱草”的营养价值不是很高。

营养价值高的牧草有阿格头子、灰背青。

陪同我们的老曹唱他的爬山调：

阿格头子灰背青，
四十五天到新城。

他说灰背青，叶子青绿而背面是灰色的。“阿格头子”是蒙古话。他拔起两把草叫我们看，且问一个牧民：

“这是阿格头子吗？”

“阿格！阿格！”

这两种草都不高，也就三四寸，几乎是贴地而长。叶片肥厚而多汁。

“阿格头子灰背青，四十五天到新城。”老曹年轻时拉过骆驼，从呼和浩特驮货到新疆新城，一趟得走四十五天。那么来回就得三个月。在多见牛羊少见人的大草原上，拉着骆驼一步一步地走，这滋味真难以想象。

老曹是个有趣的人。他的生活知识非常丰富，大青山的药材、草原上的草，他没有不认识的。他知道很多故事，很会说故事。单是狼，他就能说一整天。都是实在经验过的，并非道听途说。狼怎样逗小羊玩，小羊高了兴，跳起来，过了圈羊的荆笆，狼一口就把小羊叼走了；狼会出痘，老狼把出痘子的小狼用沙埋起来，只露出几个小脑袋；有一个小号兵掏了三只小狼羔子，带着走，母狼每晚上跟着部队，哭，后来怕暴露部队目标，队长说服小号兵把小狼放了……老曹好说，能吃，善饮，喜交游。他在大青山打过游击，山里的堡垒户都跟他很熟，我们的吉普车上下山，他常在路口叫司机停一下，找熟人聊两句，帮他们买拖拉机，解决孩子入学……我们后来拜访了布赫同志，提起老曹，布赫同志说：“他是个红火人。”“红火人”这样的说法，我在别处没有听见过。但是用之于老曹身上，很合适。

老曹后来在呼市负责林业工作。他曾到大兴安岭调查，购买树种，吃过犴鼻子（他说犴鼻子黏性极大，吃下一块，上下牙粘在一起，得使劲张嘴，才能张开。他做了一个当时使劲张嘴的样子，很滑稽）、飞龙。他负责林业时，主要的业绩是在大青山山脚至市中心的大路两侧种了杨树，长得很整齐健旺。但是他最喜爱的是紫穗槐，是个紫穗槐迷，到处宣传紫穗槐的好处。

“文化大革命”，内蒙大搞“内人党”问题，手段极其野蛮残酷，是全国少有的重灾区。老曹在劫难逃。他被捆押吊打，打断了踝骨。后经打了石膏，幸未致残，但是走起路来一拐一拐的。他还是那么“红火”，健谈豪饮。

老曹从小家贫，“成分”不高。他拉过骆驼，吃过很多苦。他在大青山打过游击，无历史问题，为什么要整他，要打断他的踝骨？为什么？

阿格头子灰背青，

四十五天到新城。

花和金鱼

从东珠市口经三里河、河舶厂，过马路一直往东，是一条横街。这是北京的一条老街了。也说不上有什么特点，只是有那么一种老北京的味儿。有些店铺是别的街上没有的。有一个每天卖豆汁儿的摊子，卖焦圈儿、马蹄烧饼，水疙瘩丝切得细得像头发。这一带的居民好像特别爱喝豆汁儿，每天晌午，有一个人推车来卖，车上搁一个可容一担水的木桶，木桶里有多半桶豆汁儿。也不吆喝，到时候就来了，老太太们准备好了坛坛罐罐等着。马路东有一家卖鞭哨、皮条、钢绳等等骡车马车上用的各种配件。北京现在大车少了，来买的多是河北人。看了店堂里挂着的挺老长的白色的皮条、两股坚挺的竹子拧成的鞭哨，叫人有点说不出来的感动。有一家铺子在一个高台阶上，门外有一块小匾，写着"惜阴斋"。这是卖什么的呢？我特意上了台阶走进去看了看：是专卖老式木壳自鸣钟、怀表的，兼营擦洗钟表油泥，修配发条、油丝。"惜阴"用之于钟表店，挺有意思，不知是哪位一方名士给写的匾。有一个茶叶店，也有一块匾："今雨茶庄"（好几个人问过我这是什么意思）。其实这是一家夫妻店，什么"茶庄"！

两口子，有五十好几了，经营了这么个"茶庄"。他们每天的生活极其清简。大妈早起擞炉子、生火、坐水、出去买菜。老爷子扫地，擦拭柜台，端正盆花金鱼。老两口都爱养花、养鱼。鱼是龙睛，两条大红的，两条蓝的（他们不爱什么红帽子、绒球……）。鱼缸不大，飘着笮草。花四季更换。夏天，茉莉、珠兰（熟人来买茶叶，掌柜的会摘几朵鲜茉莉花或一小串珠兰和茶叶包在一起）；秋天，九花（老北京人管菊花叫“九花”）；冬天，水仙、天竺果。我买茶叶都到“今雨茶庄”买，近。我住河舶厂，出胡同口就是。我每次买茶叶，总爱跟掌柜的聊聊，看看他的花。花并不名贵，但养得很有精神。他说：“我不瞧戏，不看电影，就是这点爱好。”我打成了“右派”，就离开了河舶厂。过了十几年，偶尔到三里河去，想看“今雨茶庄”还在不在，没找到。问问老住户，说：“早没有了！”——“茶叶店掌柜的呢？”——“死了！叫红卫兵打死了！”——“干吗打他？”——“说他是小业主；养花养鱼是‘四旧’。老伴没几天也死了，吓死的！——这他妈的‘文化大革命’！这叫什么事儿！”

晚茶

简媜

暮色又深了些，一阵细碎的声音

从草丛溢出，那是紫菀铃，那是我，

我把黄昏也带来了。

我仍记得自己沿着那条长堤穿过晚春时节的莽莽岸草，河滩上工人正在收拾器械，有人吟唱山地歌谣。我忽然觉得堤岸太长，不知道能否在星夜之前抵达你所居住的巷口？暮色又深了些，一阵细碎的声音从草丛溢出，那是紫菀铃，那是我，我把黄昏也带来了。

“喝茶去吧！”

山林依然苍翠，只是黄昏的流光暗了它，看来像一张泛着黄斑的旧照，我们像照片上被蚀灭了身影的两个人，如今又要走回照片。山径狭窄，倦鸟扑翅的声音分外清晰，这声音在记忆底层沉埋许久，当时，我们也曾在啼鸟声中以山翠为凭借，留下年轻的影像吧！如今，不复拥有年轻的心情，我们总是把旺盛的青春留给别人，以至于相逢之时一切都已太晚。

一切都已太晚，山腰上的小茶馆关门了，附近的山民相互招呼着，各自回到茶园中的宅舍。我们只能坐在路旁的石阶，遥望对面山峦中的一间家舍，在太平盛世里点起他们的晚灯。我们的灯在天空，星夜已经来了。

“不甘心哪！”你这么说。我反而觉得悬石已落，不要再想翻案文章。我们既然无力改变生命的渠道，又何必惆怅春水滔滔东流。

“当作我欠你一杯茶吧！”这样下山的路才会平安些。

我想，今年的秋天或明年的春天，山里茶园仍有采茶的人吧，但我不忍心告诉你，我们的杯里永远只有一淌白水。

一株行走的草

简媜

人必须穷尽一生之精神才能彻悟，但对这草原上每一棵草而言，春萌秋萎，即具足一生。

敕勒川，阴山下，

天似穹庐，笼罩四野，

天苍苍，野茫茫，

风吹草底见牛羊。

我来到广阔的草原上，被细微的声音吸引。

那是自草原底层所发出的，牧草舒络筋骨的声音；也是被风吹袭时，草尖与游云相互拥舞的声音。那是人声交错的世界里听不到的微语，人的眼眸与耳识总是停伫在尘世的荣华上，遗忘了草原上有更深奥的交谈。

我逐渐明了，其实人世的生灭故事早已蕴含在大自然的荣枯里，默默地对人们展示这一切，预告生生不息，也提挈流水落花。人必须穷尽一生之精神才能彻悟，但对这草原上每一棵草而言，春萌秋萎，即具足一生。人没有理由夸示自己生命的长度，人不如一株草，无所求地萌发，无所怨悔地凋萎，吮吸一抹草该吮吸的水分与阳光，占一株草该占的土地，尽它该尽的责任，而后化泥，成全明年春天将萌生的草芽。

众草皆如此，才有草原。

我不断追寻，哪里能让我更沉稳，哪里可以教我更流畅；在熙扰的世间，却不断失望。才知道我所企盼的，众山众水早已时时对我招引，只是我眼拙了。山的沉稳，成就了水的流畅，水的宽宏大量，哺育了平野人家、草原牛羊。

如果田舍旁的稻花曾经纾解我的心，不仅是勤奋的庄稼人让它们如此，更是平野与流水让它们如此。如果，深山里的松涛曾经安慰我，那是山的胸襟让它如此。如果桃花的开落曾经换来我的咏叹，我必须感恩，是山、水、花、鸟共同完成的伦理，替我解去身上的捆绳。

我不曾看到一座单独的山，山的族群合力镇住大地；也不曾看到一条孤单的河，水的千手千足皆要求会合。不曾有过不凋萎的桃花，它们恪守生灭的理则，让四季与土地完成故事。

荣，是本分的；枯，也是本分。

在我眼前的草原，无疑的也是天地伦常的一部分。吸引我的这一幅和谐，乃是天无心地苍茫着，山无心地盘坐着，草原无心地拂动着，牛羊无心地啮食着，而我无心地观照着。

此时的我，既是山里的一块岩，也是天上游动的云；是草的半茎，也是牛羊身上的汗毛。

人不能自外于山水。当我再次启程，我是一株行走的草，替仍旧耽溺在红尘里的我，招魂。

蛛丝和梅花

林徽因

记忆也同一根蛛丝，搭在梅花上就由梅花枝上牵引出去，虽未织成密网，这诗意的前后，也就是相隔十几年的情绪的联络。

真真地就是那么两根蛛丝，由门框边轻轻地牵到一枝梅花上。就是那么两根细丝，迎着太阳光发亮……再多了，那还像样么？一个摩登家庭如何能容蛛网在光天白日里作怪，管它有多美丽，多玄妙，多细致，够你对着它联想到一切自然造物的神工和不可思议处；这两根丝本来就该使人脸红，且在冬天够多特别！可是亮亮的，细细的，倒有点像银，也有点像玻璃制的细丝，委实不算讨厌，尤其是它们那么洒脱风雅，偏偏那样有意无意地斜着搭在梅花的枝梢上。

你向着那丝看，冬天的太阳照满了屋内，窗明几净，每朵含苞的，开透的，半开的梅花在那里挺秀吐香，情绪不禁迷茫缥缈地充溢心胸，在那刹那的时间中振荡。同蛛丝一样的细弱，和不必需，思想开始抛引出去；由过去牵到将来，意识的，非意识的，由门框梅花牵出宇宙，浮云沧波踪迹不定。是人性，艺术，还是哲学，你也无暇计较，你不能制止你情绪的充溢，思想的驰骋，蛛丝梅花竟然是瞬息可以千里！

好比你是蜘蛛，你的周围也有你自织的蛛网，细致地牵引着天地，不怕多少次风雨来吹断它，你不会停止了这生命上基本的活动。此刻……“一枝斜好，幽香不知甚处，……”

拿梅花来说吧，一串串丹红的结蕊缀在秀劲的傲骨上，最可爱，最可赏，等半绽将开地错落在老枝上时，你便会心跳！梅花最怕开；开了便没话说。索性残了，沁香拂散，同夜里炉火都能成了一种温存的凄清。

记起了，也就是说到梅花，玉兰。初是有个朋友说起初恋时玉兰刚开完，天气每天的暖，住在湖旁，每夜跑到湖边林子里走路，又静坐幽僻石上看隔岸灯火，感到好像仅有如此虔诚地孤对一片泓碧寒星远市，才能把心里情绪抓紧了，放在最可靠最纯净的一撮思想里，始不至亵渎了或是惊着那“寤寐思服”的人儿。那是极年轻的男子初恋的情景——对象渺茫高远，反而近求“自我的”郁结深浅——他问起少女的情绪。

就在这里，忽记起梅花。一枝两枝，老枝细枝，横着，虬着，描着影子，喷着细香；太阳淡淡金色地铺在地板上；四壁琳琅，书架上的书和书签都像在发出言语；墙上小对联记不得是谁的集句；中条是东坡的诗。你敛住气，简直不敢喘息，踮起脚，细小的身形嵌在书房中间，看残照当窗，花影摇曳，你像失落了什么，有点迷惘。又像“怪东风着意相寻”，有点儿没主意！浪漫，极端的浪漫。“飞花满地谁为扫？”你问，情绪风似地吹动，卷过，停留在惜花上面。再回头看看，花依旧嫣然不语。“如此娉婷，谁人解看花意”，你更沉默，几乎热情地感到花的寂寞，开始怜花，把同情统统诗意地交给了花心！

这不是初恋，是未恋，正自觉“解看花意”的时代。情绪的不同，不只是男子和女子有分别，东方和西方也甚有差异。情绪即使根本相同，情绪的象征，情绪所寄托，所栖止的事物却常常不同。水和星子同西方情绪的联系，早就成了习惯。一颗星子在蓝天里闪，一流冷涧倾泻一片幽愁的平静，便激起他们诗情的波涌，心里甜蜜地，热情地便唱着由那些鹅羽的笔锋散下来的“她的眼如同星子在暮天里闪”，或是“明丽如同单独的那颗星，照着晚来的天”，或“多少次了，在一流碧水旁边，忧愁倚下她低垂的脸”。惜花，解花太东方，亲昵自然，含着人性的细致是东方传统的情绪。

此外年龄还有尺寸，一样是愁，却跃跃似喜，十六岁时的，微风零乱，不颓废，不空虚，踮着理想的脚充满希望，东方和西方却一样。人老了脉脉烟雨，愁吟或牢骚多折损诗的活泼。大家如香山，稼轩，东坡，放翁的白发华发，很少不梗在诗里，至少是令人不快。话说远了，刚说是惜花，东方老少都免不了这嗜好，这倒不论老的雪鬓曳杖，深闺里也就攒眉千度。

最叫人惜的花是海棠一类的“春红”，那样娇嫩明艳，开过了残红满地，太招惹同情和伤感。但在西方即使也有我们同样的花，也还缺乏我们的廊庑庭院。有了“庭院深深深几许”才有一种庭院里特有的情绪。如果李易安的“斜风细雨”底下不是“重门须闭”也就不“萧条”得那样深沉可爱；李后主的“终日谁来”也一样的别有寂寞滋味。看花更须庭院，常常琐在里面认识，不时还得有轩窗栏杆，给你一点凭借，虽然也用不着十二栏杆倚遍，那么慵弱无聊。

当然旧诗里伤愁太多：一首诗竟像一张美的证券，可以照着市价去兑现！所以庭花，乱红，黄昏，寂寞太滥，诗常失却诚实。西洋诗，恋爱总站在前头，或是“忘掉”，或是“记起”，月是为爱，花也是为爱，只使全是真情，也未尝不太腻味。就以两边好的来讲，拿他们的月光同我们的月色比，似乎是月色滋味深长得多。花更不用说了；我们的花“不是预备采下缀成花球，或花冠献给恋人的”，却是一树一树绰约的，个性的，自己立在情人的地位上接受恋歌的。

所以未恋时的对象最自然的是花，不是因为花而起的感慨——十六岁时无所谓感慨——仅是刚说过的自觉解花的情绪。寄托在那清丽无语的上边，你心折它绝韵孤高，你为花动了感情，实说你同花恋爱，也未尝不可——那惊讶狂喜也不减于初恋。还有那凝望，那沉思……

一根蛛丝！记忆也同一根蛛丝，搭在梅花上就由梅花枝上牵引出去，虽未织成密网，这诗意的前后，也就是相隔十几年的情绪的联络。

午后的阳光仍然斜照，庭院阒然，离离疏影，房里窗棂和梅花依然伴和成为图案，两根蛛丝在冬天还可以算为奇迹，你望着它看，真有点像银，也有点像玻璃，偏偏那么斜挂在梅花的枝梢上。

梧桐树

丰子恺

叶的寿命比花长得多，尤其是梧桐的叶，自初生至落尽，占有大半年之久。

寓楼的窗前有好几株梧桐树。这些都是邻家院子里的东西，但在形式上是我所有的。因为它们和我隔着适当的距离，好像是专门种给我看的。它们的主人，对于它们的局部状态也许比我看得清楚；但是对于它们的全体容貌，恐怕始终没看清楚呢。因为这必须隔着相当的距离方才看见。唐人诗云："山远始为容。"我以为树亦如此。自初夏至今，这几株梧桐树在我面前浓妆淡抹，显出了种种的容貌。

当春尽夏初，我眼看见新桐初乳的光景。那些嫩黄的小叶子一簇簇地顶在秃枝头上，好像一堂树灯，又好像小学生的剪贴图案，布置均匀而带幼稚气。植物的生叶，也有种种技巧：有的新陈代谢，瞒过了人的眼睛而在暗中偷换青黄。有的微乎其微，渐乎其渐，使人不觉察其由秃枝变成绿叶，只有梧桐树的生叶，技巧最为拙劣，但态度最为坦白。它们的枝头疏而粗，它们的叶子平而大。叶子一生，全树显然变容。

在夏天，我又眼看见绿叶成荫的光景。那些团扇大的叶片，长得密密层层，望去不留一线空隙，好像一个大绿障；又好像图案画中的一座青山。在我所常见的庭院植物中，叶子之大，除了芭蕉以外，恐怕无过于梧桐了。芭蕉叶形状虽大，数目不多，那丁香结要过好几天才展开一张叶子来，全树的叶子寥寥可数。梧桐叶虽不及它大，可是数目繁多。那猪耳朵一般的东西，重重叠叠地挂着，一直从低枝上挂到树顶。窗前摆了几枝梧桐，我觉得绿意实在太多了。古人说“芭蕉分绿上窗纱”，眼光未免太低，只是阶前窗下的所见而已。若登楼眺望，芭蕉便落在眼底，应见“梧桐分绿上窗纱”了。

一个月以来，我又眼看见梧桐叶落的光景。样子真凄惨呢！最初绿色黑暗起来，变成墨绿；后来又由墨绿转成焦黄；北风一吹，它们大惊小怪地闹将起来，大大的黄叶便开始辞枝——起初突然地落脱一两张来；后来成群地飞下一大批来，好像谁从高楼上丢下来的东西。枝头渐渐地虚空了，露出树后面的房屋来、终于只穧几根枝条，回复了春初的面目。这几天它们空手站在我的窗前，好像曾经娶妻生子而家破人亡了的光棍，样子怪可怜的！我想起了古人的诗：“高高山头树，风吹叶落去。一去数千里，何当还故处？”现在倘要搜集它们的一切落叶来，使它们一齐变绿，重还故枝，回复夏日的光景，即使仗了世间一切支配者的势力，尽了世间一切机械的效能，也是不可能的事了!回黄转绿世间多，但象征悲哀的莫如落叶，尤其是梧桐的落叶。落花也曾令人悲哀。但花的寿命短促，犹如婴儿初生即死，我们虽也怜惜它，但因对它关系未久，回忆不多，因之悲哀也不深。叶的寿命比花长得多，尤其是梧桐的叶，自初生至落尽，占有大半年之久，况且这般繁茂，这般盛大！眼前高厚浓重的几堆大绿，一朝化为乌有！“无常”的象征，莫大于此了！

但它们的主人，恐怕没有感到这种悲哀。因为他们虽然种植了它们，所有了它们，但都没有看见上述的种种光景。他们只是坐在窗下瞧瞧它们的根干，站在阶前仰望它们的枝叶，为它们扫扫落叶而已，何从看见它们的容貌呢？何从感到它们的象征呢？可知自然是不能被占有的。可知艺术也是不能被占有的。

竹刀

陆蠡

听说刺断动脉后流血过多死了。

否则，他将在暗黑肮脏的牢屋里过他壮健的一生。

谁要是看惯了平畴万顷的田野，无穷尽地延伸着棋格子般的纵横阡陌，四周的地平线形成一个整齐的圆圈，只有疏疏的竹树在这圆周上划上一些缺刻。这地平的背后没有淡淡的远山，没有点点的帆影，这幅极单调极平凡的画面乃似出诸毫无构思的拙劣的画家的手笔，令远瞩者的眼光得不到休止，而感到微微的疲倦。

假如在这平野中有一座遮断视线的孤山，不，一片高冈，一撮小丘，这对于永久囿于地的平面上的人们是多么奋兴啊。方朝日初上或夕阳西坠，有巨大的山影横过田野，替没有陪衬没有光影的画面上添上一笔淡墨，一笔浓沈，多雾或微雨的天，山顶上浮起一缕白烟，一抹烟霭，间或有一道彩色的长虹，从地平尽处一脚跨到山后，于是这山便成了居民憧憬的景物。遂有平野的诗人，望见这山影移上短墙，风从门口吹进来，微有一丝凉意，哦然脱口高吟“天风入罗帏，山影排户闼”，意将古陋的旧门户喻作镶了兽环的朱门，从朱门里隐隐窥见微风拂动的绣帘，而他自己成了高车骏马的公子，偶然去那里伫盼。一会儿门掩了，他才醒过来，原来只有一片山影；也有好事的名流，乘了短轿来这山脚底下，买了一杯黄酒，索笔题词道："湖山第一峰"，遗钞而去，吩咐匠人鸠工勒石；这小山经过了许多品题，如受封禅，乃成为名山。附近的村庄亦改名为某山村。于是，在清明，在重九，远地和近地的，大家像蚂蚁上树般地跑上这小山，"登高"啊，"览胜"啊。把山上的青草踏得一株不留。

有从远僻的山乡来的人望见了这名胜的小山，便呵呵大笑道："这也算是'山'么？这，我们只叫作'鸡头山'，因为只有鸡头大小，或者这因为山上长着很多野生的俗名叫作'鸡头'的草实。说得体面点，便叫作'馒头山'，'纱帽山'，'马鞍山'，这也算得'山'么？"双手叉住腰笑弯到地。

好奇的听客便会从他夸张的口里听到他所见的是如何绵亘数百里的大山。摩天的高岭终年住宿着白云，深谷中连飞鸟都会惊坠！那是因为在清潭里照见了它自己的影。嶙峋的怪石像巨灵起卧。野桃自生。不然则出山来的涧水何来这落英的一片？倘使溯流穷源而上，说不定有石扉砉然为你开启呢。但是如果俗虑未清，中途想着妻母，那回首便会迷途了。

"我不欢喜这揣测的臆谈，谁能够相信这桃源的故事？"

于是他描说那跨悬在山腰间的羊肠路。那是只有两尺多宽，是细密的整齐的梯级。一边靠山，一边靠峭壁千仞的深壑。望下去黑魆魆的，迷眩的，这深涧底下隐伏着为蛟，为龙，或其他神怪的水族，不得而知。总之万一踹了下去，则会跌得像一个烂柿子，有渣无骨头。但是居住山里的人挑了一二百斤的干柴，往来这山道，耳朵沿搁着一朵兰花，一朵山茶，百人中之一二会放上半截纸烟。他们挑着走着谈笑着，如履平地，如行坦途，有时还开个玩笑，在别人的腰边拧一把。

还有人攀缘下依附岩上的薜萝，腰间带了一把短刀，去采取名贵的山药，其中有一种叫作“吊兰”的，风从峡谷吹来，身子一荡一荡啊像个钟锤，在厚密的绿叶底下，有时吐出两条火红的蛇的细舌头，或蹿出一个灰褐色的蜴蜥……

听者忘了适才的责备，恍惚身临危岩，岩下是碧澄澄的潭水。仿佛脚下的小径在足底沉陷，他不敢俯凭，不敢仰视，一手搭住说故事的人的肩膀，如觅得一种扶持，一时找不出话由，道：

“你的家乡便在这深山里么？”

怎的不是。那是榛榛莽莽的山，林叶的荫翳，掩蔽了阳光，倘使在山径的转弯处不用斧头削去一片木皮作个记认，便会迷路。羊齿类高过你一身。绿藤缠绕在幼木上，如同蛇缠了幼儿。藤有右缠的左缠的，若是右缠的，则是百事无忧的征号，很容易找到路，碰到熟人，得好好儿受款待。迷路人倘若遇见左缠的藤，那是碰到鬼了，将寻不到要去的地方。但是你可以把它砍下，拿回家来，便会得了一根极神秘的驱邪的杖。

“关于山间神秘的话我听得许多。我知道妇人用左手打人会使人临到不幸的。则这左缠藤也正是这意义的扩张罢了。但是我想知道别的东西。”

故事又展开了。那是用“近山靠山，近水靠水”的老话开头。山民的取喻每嫌不恰切，故事中拉出枝枝节节来，有如一篇没有结构的文章。他最先说到山间头上簪花的少女，在日出的时候负了竹筐到松林里去扫夜间被山风摇落的松针，积满一筐了，用“篾耙”的柄穿着背了回来。沿途采些“鸡头”，“毛楂”和不知名的果实，一面在涧水洗净，一面嚼，倘有同伴在她的身旁投下一块小石，溅了她一脸的水，便会挨一顿着实的骂或揪扭起来，在雨天，她们躲在家里，把山里掘来的一种柴根，和水捣成浆，沉淀出略带红色的粉，那是比藕粉还细净的，或是把从棕榈树上剥下来的棕榈，一丝丝地抽出来，打成粗粗细细的绳线。

却说这山中少女，她在每天早晨携了竹筐到松林里去扫夜风摇落的松针，装满一筐便背了回来，沿途采些草实，在溪边洗洗手，一天也不曾间断。她有一天正背了满筐的松针回来的时候，觉得竹筐异常的沉重，便想道：是谁放了石块在里面么？暂时小憩罢，便靠着竹筐坐下，却永久地坐在那儿了。山间人都说是因为她生得太美丽，被什么山灵或河伯娶去了，她的父母还替她预备了纸制的嫁妆，焚化给她……

“这又是我听到过不只一遍的故事……我颇想知道别的东西。”

你不是轻视幻想的编织么？那么让我选一个实际的故事说给你，只可惜有一个悲惨的收场。你愿意知道山居的人是如何获得每天的粮食和日用品么？狩猎是不行的，鸟兽乐生，不可杀尽；农稼也不行的，高高低低梯级似的田陇，于他们很少兴趣，况且这团团簇簇的高山遮住了阳光，只在中午的时候才晒进来，他们虽则种些番薯，山芋，玉蜀黍，大麦和小麦，但是他们大都靠打柴锯木为生。他在高山上砍得松柯，搁在露天底下一个月两个月，待干黄的时候挑到附近数十里外的村镇，换取一把盐，几枚针，一些细纱布，有时带回一片鲞，一包白糖……

冬天，他们砍下合抱的大树，截成栋梁楹柱的尺寸，大概不会超过一丈六尺或一丈八尺，或则锯成七八分对开的木板，等到明春山洪暴发的时候，顺水流到港口，结成木筏，首尾衔接像一条长蛇，用竹篙撑着，撑到城市的近郊，售给木商运销外埠。

山势陡峻的所在，巨大的木材无法输运，那只好任它自己折断自己腐烂了。但是他们砍取寸许大小的坚木，放在泥土筑成的窑里烧成木炭，这样重量便减轻了四分之三，容易挑到外面来，木炭的销场是很好的。

“你说得又远了。没有指示给我故事的连索。”

是哟！事情便是这样：他们是靠打柴烧炭为生。但是你知道城市里的商人的阴恶和狠心么？他们想尽种种方法，把炭和木板的买价压低，卖价抬高。他们都成了巨富了，还要想出更好的方法，各行家联合起来，霸住板炭的行市。他们不买，让木筏和装炭的竹簰搁在水里，不准他们上岸，说销场坏了，除非你们完全让步。

但是谁都知道这鬼花样啊！

有的让步了。因为他们垫不起伙食费，有的呼号奔走了，但得不到公正的声援，因为吏警官厅都和他们连在一起。山民空着手在城里徜来徜去，望着橱窗里诱惑的东西，一袭夏季妇人穿的拷绸衣，红红绿绿的糖果，若能花了几个子儿带回去给孩子们，那他们多高兴啊。

并且他知道家里缺少一把盐，几升米，那是要用钱去换的。

他们忧郁了。口里也不哼短歌，妒忌地望着大腹便便的木行老板，竟想不出办法。

交易是自由的，不卖由你，不买由他，真是没有话说了。

这里由山村各户凑合成的木筏是系着许多家庭的幸福，纵然他们不致挨饿，他们的幸福的幻梦是被打碎了……

“我希望这木行老板有点良心，他们是够肥了。”

若将怜悯希望在他们的身上，抱那希望的人才是可怜的。可是事情的解决却非常简单，你愿意听我说下去罢。

一天，一位年轻的人随着大家撑着木筏到城里去，正在禁止上岸的当儿。大家议论纷纷想不出主意。这位年轻的人一声不响地在一只角落里用竹片削成一把尺来长的小刀，揣在怀里，跑上岸去，揪住一位大肚皮的木行老板，毫不费力地用竹刀刺进他的肚皮里，听说像刺豆腐一样的爽利，刺进去的时候一点也没有血溅出来，抽回来的时候，满手都是粘腻的了。他跑出城来，在溪边洗手的时候被警吏捉去。

“你说了可怕的故事了。我没有想到你会说出这样吓人的语句，在你说到松林中簪花的少女……那一片美丽和平……你驱走了刚才引起的高山流水的奇观，说桃花瓣从淙淙涧底流出来呢……我懊悔听这故事，但是请你说完。”

官厅在检验凶器的时候颇怀疑竹刀的能力。传犯人来问：

你是持这凶器杀人么？

是的。

这怎么成?

他拿了这竹刀，捏在右手里，伸出左臂，用力向臂上刺去。入肉有两寸深了，差一点不曾透过对面。复抽出这竹刀，掷在地上，鄙夷地望着臂上涔涔的血，说:

便是这样。

大家脸都发青了。当时便没有继续讯问。各木板行老板也似乎怵于竹刀的威力，自动派人和他们商订条件，见了他们也不如先前的骄傲。

厚钝的竹刀割断了这难解的结。“便是这样”的斩钉截铁的四个字胜于一切的控诉。你说这青年是笨货么?

“这位青年结果如何呢！”

听说刺断动脉后流血过多死了。否则，他将在暗黑肮脏的牢屋里过他壮健的一生。

眼前雪花飞舞着的世界，
就是最现实的现实。

九月的果园像一个生过孩子的少妇，
宁静、幸福，而慵懒。

经过茧的黑暗痛苦，

经过蛹的挣扎蜕变，才有蛾的再生吧！

这初秋之夜如一袭藕花色的蝉翼一样的纱衫，

飘起淡淡的哀愁。

溪

陆蠡

让我们的幻想不要窜进那阴暗的坟窝，让我们记忆的眼睛落在昼夜不息地潺潺着的小溪的岸上。

你说你是志在于山，而我则不忘情于水。山黛虽则是那么浑厚，淳朴，笨拙，呆然若愚的有仁者之风，而水则是更温柔，更明洁，更活泼，更有韵致，更妩媚可亲，是智者所喜的。我甚至于爱沐在水底的一颗颗圆洁的卵石，在静止的潭底里的往往长着毛茸茸的绿苔，在急湍的浅滩中则被水摩挲得仅剩一层黄褐色的皮衣，阳光透过深浅不一的水层，投射在磊磊不平的石面，反映出闪动的金黄色的光圈。一粒之石岂不能看出整座的山岳来吗？卵石与粒沙孰大？山岳与世界孰小？倘能参悟这无关闳旨的微义，将不会怪我故作惊人之语了。“给我一块石，便可以造出整个的山来”，也不过是一句老话的脱胎。

不知你有否打着赤足渡过一条汩汩小溪的经验？你的眼睛须得望着前面的一个目标，一株柳树或是一个柴堆；假使你褰着衣裳呢，则两手便失却保持平衡的功用了；脚下的卵石又坚硬，又滑，走平路时落地的总是趾和踵，足心是娇养惯的，现在接触上这滑硬的石子，不好说痛，又不好说痒，自然而然便足趾拳曲拢来，想要缩回。眼光自动地离开前面的目标，移到滔滔流逝的水面，仿佛地在脚下奔驰，感到一阵晕眩。此时你刚走过小溪的一半，水淹没了半条腿的样子，挟着速度的水流从侧面一阵推荡，便会冷不防地被冲倒。等你站直身子来，已襦裳尽湿了。

我初次爱水有甚于山的时候，是在黄梅久雨后的晴天。雨丝帘幕似的挂在我的窗前有半个多月了，“这是夏眠呢。”我想。一天早晨靠东的窗格里透进旭红的阳光，霍地跳起身来，跑到隔溪的石滩上。松林的梢际笼着未散尽的烟霭，树脂的气息混合着百草的清香，尖短的柳叶上擎着夜来的雨珠，冰凉的石子摸得出有几分潮湿。一片声音引住了我，我仰头观看，啊！沿溪的一带岩岗，拍岸的“黄梅水”涨平了。延伸到水里的石级，上上下下都是捣衣的妇女。阳光底下白的衣被和白的水融成一片。韵律的砧声在近山回响着。“咚！”一只不可见的手拨动了我的一根心弦，于是我爱上这汤汤的小溪，“洋洋乎志在流水”了。我摹绘着假如这是在月光里，水色衣色和月色织成一片，不见捣衣的动作而只有万山齐应的砧声，“长安一片月，万户捣衣声，”那便未免有玉关哀怨之情，弥漫着离愁之境了。我宁愿看到晨曦里的浣妇，她们的身旁还玩着梳着总角髻的孩子，拿一根柴枝，在一片树叶上或一团乱草上使劲地捶，学着姊姊和妈妈们的动作。

我初次爱水有甚于山的时候，是在我游罢归来之后。自从泛迹彭蠡，五湖于我毫无介恋，故乡的山水乃如蛇啮于心萦回于我的记忆中了。我在别处所看到的大都是莽莽的平原，难得有一块出奇的山。湖沼是有的，那是如妇人在晓妆时被懒欠呵昙了的镜，或如净下一脸脂粉的盆中的水，暗蒙而厚腻的；河流也见得很多，每每是黄，或者发黑，边上浮着朱门里倾倒出来的鱼片肉片，菜片，如同酒徒呕出来的唾沫。我如怀恋母亲似的惦记起故乡的山水了。我披着四月的雾，沐着五月的雨，栉着八月的风，踏着腊月的霜，急急忙忙到这溪边来。倘使我做了大官回来，则挂冠之后，辟芜芟秽，葺舍书读于山崖水涯，岂不清高之至！而我往来只是一条穷身，所以冒清早背着手来望这一片捣衣了。

人每每有溯源穷流的爱好，这探索的德性我颇重视。你问这溪流源出自什么地方，这事我恰恰知道。我在很小的时候开始用“呜呼”起头做作文的时候便知道了。那是一位花白胡须的先生告诉我的。我以后也没有去翻考县志通志，所以我知道的只限于此。我讨厌别人背诵着县志里的典故和诗词，我也不看名人壁上的题句，我不愿浪费我的强记。你该以我回答你的问题为满足了。这溪流发源于鹧鸪山，用这多啼的鸟命山，是落入宋人风格的，则此山的命名肇于宋代可知。那也该在南迁之后。则我的祖先耕牧于这山水之间，已八百年于兹了。

你看这溪流曲折，在转角的岩壁之下汇成深潭。潭中有很大的鱼，一种有着粗的鳞，红的鳍，绿的眼，金黄的腹和青黑的背，是极活泼的鱼，我们叫作“将军”，在水中是无敌的，一出水立刻便死了，这颇合于英雄的本色。这潭里的鱼虽肥且多，可是不准捞捕，岩上不是镌着“放生”的大字么？垂钓是可以的。你有“猫儿耐心乌龟性”么？当然可以披上蓑衣，戴上箬笠，斜风细雨中，把两根钓竿同时放在水里。我也钓过的。那是阴雨迷蒙的天，打在身上的雨好像雾一样，整半天也不会潮湿。这样的雾雨落水便无声了，只把水面罩上一层轻烟，而水中的人影便隐约得好像在锈上了铜绿的被时代遗弃了的古铜镜里照见的面颜。说鱼儿是因为看不清钓者的脸，才大胆地浮上水面来游戏呢。这里我不想引物理学折光的原理来证明鱼在水中所能望及水岸上的可怜的狭小的视野。不是在谈钓鱼么，我钓鱼了。我带了几把米，罐里放了几条虫。我怕虫，还是央邻哥儿替我钩上去的。放钓了，在虫上啐了一口吐沫，抛了出去，“嗞……”在水面上撒上一把米，说“大鱼不来小鱼来”啊便耐心等着，许久，不见动静，“嗞……”复撒上一把米，等着，等着，仍是一丝不见动静，邻哥儿却捞了半尺长的金鲤鱼了。“嗞……嗞……”我复撒上一把米，白的米在水中一摇一晃地沉下，我的浮标依然不见动静：我开始想这撒下白米是什么意思？这无齿的鱼！是听见“嗞……嗞……”的声音便疑是坠下什么东西来了前来觅食么，还是看到这白色耀眼的米来察看究竟是什么的出于好奇之感？看看衣袋里的米撒完了，我抓了一把沙，“唑……唑……”毫不吝惜地撒下去，过了半天，浮标动了，捞上来的是一寸长的鲫鱼。我笑了，我的半袋白米！我以后就简直灰心得懒得垂钓了。

你不看这溪岸么？山岗自远处迤逦而来，到这溪边成了断壁。壁下被流水冲空了的岩麓像是巨龙的口，像是饮水的巨龙。那向左蜿蜒起伏的便是龙尾。对，此地便名叫龙头。这头上有一块草木不生的岩皮。告诉你一个故事罢，这故事不载于府志，不载于县志，不载于“笔记”，不载于“志异”，而我恰恰知道。原来这片岩岗是活龙头。从前一位堪舆先生说这龙头是大吉祥之地，当时有人不信，他便说“你去站在龙尾，我站在龙头大喝一声，龙尾便该拨动起来”。他们这样做了。堪舆先生站在龙头大喝一声，龙尾动了。于是站在龙尾的便派了一个孩子传语道，“龙尾动了”，而这孩子口齿不清传错了说：“龙不动了，”堪舆先生大怒，遂喝道，“畜生，该剥皮哪！”于是龙头上便成了一个疮疤，一年四季不生青草。

然而，看你的目光移上这溪边东西两端的两棵大树，让我把所知的再告诉你罢。

既然是龙头，则龙头岂可无角。是哟！这溪东西两尽头的两株数合抱的大樟树，岂不是嵯峨的两只龙角。因为是龙的角，所以十数年前樟脑腾贵的时候幸未被商人采伐，制成樟脑运销到金元之邦。东端的树下我是熟识的。秋时鸦雀吞食樟子，果皮消化了，撒下一颗颗坚硬的乌黑的种子，亮晶晶地看来一点也不肮脏，我们是整衣袋装着，当作弹子用竹弓打着玩的。樟树朝南向溪的方向，挖了一个窟窿，这是无知的妇女所做的伤残。她们求樟神的保佑，要给她们中了花会——这是妇女们中间流行着的一种赌博——竟不惜向大树跪拜，磕头许愿说着了之后拿三牲福礼请它。结果是没有中。愤怨使她们迁怒于树身，便在树根近傍凿了一个窟洞，据说凿时还有血浆流出来哩。这树底下是我们爱玩的地方，这树荫覆着我的童年，愿它永远葱茏郁茂罢。至于西边长着另一株树的地方是一个幽僻的所在。那儿一带都是无主的荒坟。说时常有男女到那里去幽会，那想怕不是真的。直到现在我还不曾细细去踏一遍。我仅遥望着树下双双的池塘，被蓼莪和菖蒲湮塞。夏初布谷从乱草中吐出啼声来。

让我们的幻想不要窜进那阴暗的坟窝，让我们记忆的眼睛落在昼夜不息地渲潺着的小溪的岸上。浣衣妇一一携着衣篮归去了，把白的衣被无秩序的铺晒在岩上、石上、草上，令远处望来的人会疑是偃卧着的群羊，恍如闹市初散，溪边留下一片寂寞。屋背的炊烟从黑烟变成白烟了，那是早饭要熟的时节。我颇不想离开这可爱的小溪。想到会有一天仍将随着溪水东流而下，复回复到莽莽的平原去看看被懒欠呵昙了的妇人的妆镜和洗下油脂腻粉的脸水似的湖沼或到带着酒气和血腥的黄浊的河流边去过活时，不胜悲哀。

信

方令孺

我们爱的不是这固有的生命，我们爱的是这生存的趣味。我想，生存的趣味是由于有生命力。

这几天秋的使者来了，绵绵的小雨像是谁的泪？今早云中漏出日光，颜色惨白，街上水车同短笛的声音都呈现颓丧的情调，我心里凄凉。我叹息炎夏的消逝，夏，有时会烧灼我的心忘掉生命的冷寂。

漫哉，我不愿一位精神奕奕的年轻人受一点病的磨难，我哀怜，如果在这荒漠里能掇得一朵花我愿意献给这受磨难的人。

这几天因为贪看Flaubert's Madame Bovary疏忽了给你写信。这是一本名著，是一个不幸的故事，我所赞美的是作者的艺术，他把全书的情节用一根巧妙的线索连贯着，好像一串珍珠，珠子的形色不一样，但是提起来，有次序也有色彩。我晚上看到眼睛不能睁的时候才把书合上，带着书里的忧愁入梦，早上在鱼白的光里，我坐起读，今天看完了，这一种紧张的心，也像秋蝉一样，带着尾声，在绿叶里消失。但是这松懈的心情使我觉得异常无味。

我发现生活不能悠闲，要忙，要复杂。小小的园林，养花饲鸟，不是我们这一代的人所能满足，那里没有创造，没有喜悦，所以Creatioll and Recreation这两个字，同人的生命是织在一起，少一，都教生命有缺陷。为这思想我常常痛苦，常常同环境起冲突……傍晚，我一个人走上这园后的高台，静默地看那深红的晚霞，横陈在一丛黑树的后面，河里的水平静到一点细纹都没有，树叶在我耳边发生温柔的叹息。在台下，来了人说话的声音，他们说什么，我是不管，只是那声音太笨重，像人在石子路上走，没有韵律，没有变化，我不能忍，就离开。

说也奇，我能忍受极复杂强烈的声音，可是不能忍受一成不变的单调。有一次我在一个大城里过年，除夕夜半我走进剧院，人是拥挤得教我不能吐气。他们不管老少就像疯了一样，吹号筒，响口笛，奏各种不同的乐器，他们要使空间充满着喧嚣，好像这喧嚣能把时间抓住，我坐在一个角上，心理同他们完全不同，比平时更清醒，更寂寞，听他们做出的声音，像是在另一个世界上。那些胖的，黑的，长的，短的，戏子在台上舞，笑，唱；但是在我看，他们都是绸子做的傀儡，头上同四肢都有一根看不见的线在那里扯着他们动——可怜，驯服地被动着！我信，他们的心，一定同我一样，冰冷。还有，几年前，我生病睡在医院里，我的房在第六层楼上，窗外正在建造一座新屋，土匠用机器挑土，那一声声尖锐的音挤进我的心灵，我每天一到破晓就哭，我厌恨那恼人的单调。

我对于人生也就有同样的感想。

说起生命，是一个不可解的谜！我们爱它，却又憎恶它，到底为什么爱，又为什么憎？记得Stevenson说：我们看戏以种种意义解释生命，直等到厌倦为止；我们可以用所有世界上哲学的名词来讨论，但有一个事实总是真的——就是我们不爱生命，在这意义上我们太操心于生命的保存——再干脆我们不爱生命，只是生存。

是的，我们爱的不是这固有的生命，我们爱的是这生存的趣味。我想，生存的趣味是由于有生命力。有一位哲学家解释生命说：Life is a permament possibility of sensation.自然，我们爱生命决不是为这肤浅的感观上的愉快，要不是这生命力驱策我们创造，勇敢地跨过艰难的险嶂，就是生，又有什么趣味！迟钝的生命，就像一湾浊水，不新鲜，又不光彩。

秋海棠

何其芳

银河是斜斜的横着。天上的爱情也有隔离吗？黑羽的灵鹊是有福了，年年给相思的牛女架起一度会晤之桥。

庭院静静的。仿佛听得见夜是怎样从有蛛网的檐角滑下，落在花砌间纤长的飘带似的兰叶上，微微地颤悸如刚栖定的蜻蜓的翅，最后静止了。夜遂做成了一湖澄静的柔波，停潴在庭院里，波面浮泛着青色的幽辉。

寂寞的思妇，凭倚在阶前的石栏杆畔。

夜的颜色，海上的水雾一样的，香炉里氤氲的烟一样的颜色，似尚未染上她沉思的领域。她仍垂手低头的，没有动。但，一缕银的声音从阶角漏出来了，尖锐，碎圆，带着一点阴湿，仿佛从石砌的小穴里用力地挤出，珍珠似的滚在饱和着水泽的绿苔上，而又露似的消失了。没有继续，没有赓和。孤独的早秋的蟋蟀啊。

她抬起头。

刚才引起她凄凉之感的菊花的黄色已消隐了，鱼缸里虽仍矗立着假山石庞然的黑影，已不辨它玲珑的峰穴和上面苍翠的普洱草。这初秋之夜如一袭藕花色的蝉翼一样的纱衫，飘起淡淡的哀愁。

她更偏起头仰望。

景泰蓝的天空给高耸的梧桐勾绘出团圆的大叶，新月如一只金色的小舟泊在疏疏的枝桠间。粒粒星，怀疑是白色的小花朵从天使的手指间洒出来，而遂宝石似的凝固的嵌在天空里了。但仍闪跳着，发射着晶莹的光，且从冰样的天空里，它们的清芬无声的霰雪一样飘坠。

银河是斜斜的横着。天上的爱情也有隔离吗？黑羽的灵鹊是有福了，年年给相思的牛女架起一度会晤之桥。

她的怀念呢，如迷途的鸟漂流在这叹息的夜之海里，或种记忆，或种希冀如红色的丝缠结在足趾间，轻翅因疲劳而渐沉重，望不见一发青葱的岛屿：能不对这辽远的无望的旅程厌倦吗？

她的头又无力地垂下了。

如想得到扶持似的，她素白的手抚上了石阑干。一缕寒冷如纤细的褐色的小蛇从她指尖直爬入心的深处，徐徐的纡旋的蜷伏成一环，尖瘦的尾如因得到温暖的休憩所而翘颤。阶下，一片梧叶悄然下坠，她肩头随着微微耸动，衣角拂着阑干的石棱发出冷的轻响，疑惑是她的灵魂那么无声的坠入黑暗里去了。

她的手又梦幻的抚上鬓发。于是，盘郁在心头的酸辛热热的上升，大颗的泪从眼里滑到美丽的睫毛尖，凝成玲珑的粒，圆的光亮，如青草上的白露，没有微风的撼摇就静静的、不可重拾的坠下……就在这铺满了绿苔，不见砌痕的阶下，秋海棠茁长出来了。两瓣圆圆的鼓着如玫瑰颊间的酒祸，两瓣长长的伸张着如羡慕昆虫们飞游的翅，叶面是绿的，时背是红的，随生着茸茸的浅毛，朱色的茎斜斜的从石栏杆的础下擎出，如擎出一个古代的甜美的故事。

清华园之菊

孙福熙

时间是这样的短促，于是，虽然很急，却因为爱他而不敢轻试，我尽管拿了笔擎在纸上不敢放下去。

归途中，我屡屡计划回来后画中国的花鸟，我的热度是很高的。不料回到中国，事事不合心意，虽然我相信这是我偷懒之故，但总觉得在中国的花鸟与在中国的人一样的不易亲近，是个大原因。现在竟得与这许多的菊花亲近而且画来的也有六十二种，我意外的恢复对我自己的希望。

承佩弦兄之邀，我第一次游清华学校，在与澳青君一公君三人殷勤的招待中，我得到很好的印象，我在回国途中渴望的中国式的风景中的中国式人情，到此最浓厚的体味了；而且他们兼有法国富有的活泼与喜悦，这也是我回国后第一次遇见的。

在这环境中我想念法国的友人，因为他们是活泼而喜悦的，尤其因为他们是如此爱慕中国的风景人情的。在信中我报告他们的第一句就说我在看菊花；实在，大半为了将来可以给他们看的缘故，我尽量的画了下来。

从这个机会以后，我与菊花结了极好的感情，于是凡提到清华就想起菊花，而遇到菊花又必想见清华了。

在我们和乐的谈话中，电灯光底下，科学馆、公事厅与古月堂等处，满是各种秀丽的菊花，为我新得的清华的印象作美。然而我在清华所见的菊花，大部并不在此而在西园。

广大的西园中，大小的柳树，带了一半未落的黄叶，杂立其间，我们在这曲折的路径中且走且等待未曾想象过的美景。走到水田的旁边，芦苇已转为黄色，小雀们在这里飞起而又在稍远处投下。就在这旁边，有一道篱笆，我们推开柴门进去。龙畦很整齐的排列着，其中有一条是北面较高中间洼下的，上面半遮芦帘。许多菊花从这帘中探头向外，呵，我的心花怒放了！

然而引导者并不停足，径向前面的一所茅屋进行。屋向南，三面有土墙，就是挖窝中的泥所筑的，正可利用。留南面，日光可以射入。当我一步一步的从土阶下去时，骤然间满室高低有序的花朵印上我的心头，我惊惧似的喘息，比初次对大众演说时更是害羞，听演说的人的心理究竟还容易推测，因为他们只是与我仿佛的人；而众菊花则不然，只要看他们能竭尽心力的表现出各个的特长，可见他们不如大多数人的浅薄的，我疑惧他们不知如何的在窃笑我的丑陋呢。可是，我静下心来体察，满室的庄严与和蔼，他们个个在接纳我。在温和而清丽的气流中，众香轻扑过来，更不必说叶片的向我招展与花头的向我顾盼了。于是我证明在归航中所渴望的画中国花鸟不只是梦想了。

等我上城来带了画具第二次到清华时，再见菊花，知道已变了些样子，半放者已较放大，有几朵的花瓣已稍下垂了。我着急，知道我的生命的迫促，而且珍惜我与花的因缘之难得，于是恨不得两手并画恨不得两眼分看的忙乱开工了。

可是，我敢相信第一次拥抱爱人时所发情感的活痒：满心包围着快乐的畏惧，想立刻得到安慰，又怕亵渎了爱人的尊严，我对于我所爱慕的花将怎样的下笔呢！我深深的体味：此后，这样富有的花将永远保藏在我的纸上，虽然不敢说他将为我所主有；然而我将怎样能使他保留在我的纸上呢？我九分九的相信我不能画像他。试想一想，在一百笔二三百笔始能完成的一幅画中何难有一笔两笔的败笔呢。所以，在这短促不及踌躇中我该留神使这一二百笔丝毫没有污点，我敢说，这比第一次拥抱爱人时之戚戚为将来一生中的交际的污点而担忧者更甚了，因为时间是这样的短促，于是，虽然很急，却因为爱他而不敢轻试，我尽管拿了笔擎在纸上不敢放下去。

我虽然刻刻竭力勉励从阔大处落墨，然而爱好细微的性质总像不可改易的了。在这千变万化奇上有奇的二百余种的当中，我第一张画的是“春水绿波”：洁白的花朵浮在翠绿的叶上，这已够妩媚的了，还有细管的花瓣抱蕉黄的花心而射向四周，管的下端放开，其轻柔起伏有如水波的荡漾；我不怕亵渎他而在他面前来说尘埃：无论怎样巨细的秽物沾在他的上面，决不能害他的洁白，因为他有他的本性，不必矜夸而人自然的仰慕它，所以也决不以外物之污浊而害真。我竭尽心目的对他体味，自信当已能领会他的外表不九分也八分了。可是我失败了，明白的看得出，在我纸上的远不及盆中的——虽然我曾很担忧，因为我的纸上将保藏这样灿烂的花，非我所宜有。然而现在并不因失败而觉得担负的轻松。

镇静了我的抱歉，羞愧与失望的心思，我想，侥幸的花张起眼帘在看我作画，也决不因我不能传出他的神而恼怒的罢，我当如别的浊物之不能损害他是一样的。看了他的宽大与静默，我敢妄想，或者他在启示我；羞愧是不必的，失望尤其是不该，他这样装束这样表现的向人，想必不是毫无用意的。于是我学了他静默的心，自然的有了勇气，继续画下去了。

这许多菊种于我都是新奇而十分可以爱慕的，在急忙而且贪多的手下将先画那几种呢？每一种花有纸条标出花名。“夕阳楼”高丈余，宽阔的瓣，内红而外如晚霞；“快雪时晴”直径有一尺，是这样庞大的一个雪球，闪着银光；“碧窗纱”细软而嫩绿，丝丝如垂帘；“银红龙须”从遒劲的细条中染出红芽的柔嫩……满眼各种性质不同的美丽，这与对一切事物一样，我不能品定谁第一，谁其次；我想指定先画谁也是做不到。于是我完全打消优劣的观念，在眼光如灯塔的旋转的时候，我一种一种的画。

高大的枝条上，绛红的一周，围在一轮黄色的花心外，这是很确切的名为“晓霞捧日”的。他的红色非我所能用我可怜的画盘中的颜色配合而模拟的。他最不愿有人世所有的形与色，却很喜欢有人追过他。少年人学了他的性质，做成愈难愈好的谜语要人去猜，人家猜中了，他便极其高兴。

我要感谢侍奉这种菊花的杨鲁二君，并且很想去领教他们的经验，特请一公兄为我请求。

四点钟以后，太阳渐渐的从花房斜过，只留得一角了，在微微的晚寒中我忙乱的画着。缓得几乎听不出的步声近我而来，到了我近旁时我才仰起头来看他，这就是种这菊花的杨寿卿先生。

眉目不轩不轾，很平静的表出他的细致与和蔼，从不轻易露出牙齿的口唇上立刻知道他是沉默而忍耐的，而额角以下口鼻之间的丝丝脉理是十分灵敏，自然的流露他的智慧，杨先生或指点或抚弄他亲爱的菊花，对我讲他培养的经验。

他种菊已五年了，然而他的担任清华学校职务是从筹备开办时起的。他说：“每天做事很单调也很辛苦，所以种种菊花。”辛苦而再用心用力来种菊花就可不辛苦，这有点道理了！

我竭力设想他所感觉到的菊花，外面这是怎么能够呢。他是从菊花的很小的萌芽看起的，而且他知道他们的爱恶，用了什么肥料他们便长大，受了多少雨水与日光他们便喜悦，他还知道今年的花与往年的比较。我是外行人，就是辨别花的形色也是不确实的；而他们要在没有花时识别花的种类，所以他只要见到叶的一角就认识这是那一种了，这与对家人好友听步声就知道是谁，看物品移动的方位就知道谁来过了是一样的。

每天到四点钟杨先生按时到来了。他提了水壶灌在干渴的花盆中，同时我也得到他灌输给我的新知识。

我以前只知道菊花是插枝的，倘若接枝他便开得更好，有的接在向日葵上，开来的菊花就如向日葵的大了。现在知道菊是可以采用种子的。插枝永远与母枝不变；而欲得新奇的花种非用子种不可。

这里就有奇怪的事了，取种子十粒下种，长起来便是不同的十种。可是这等新种并不株株是好的，今年四百新种当中只采了二十余种。不足取的是怎样的呢？这大概是每一朵中花瓣大小杂乱，不适合于美的条件统一匀称，所谓不成品是也。不成品的原因大概在于花粉太杂之故，所以收种应用人工配合法。

“紫虬龙”那样美丽的花就是配合而成的。细长直管的“喜地泥封”与拳曲的“紫气东来”相配合，就变了长管而又拳曲，如军乐用号的管子，这样有特性的了。他的父母都是紫色的，他也是紫色。倘若父母是异色的，则新种常像两者之一或介于两者之间，但决不出两者之外。因为他们在无穷的变化中也有若干的规律，所以配种当有限制了。大概花瓣粗细不同的两种配合总是杂乱的，所以配合以粗细相仿者为宜。

花房中，两株一组，有如跳舞的，有许多摆着，杨先生每次来时，拿了纸片，以他好生之德在各组的花间传送花粉。据说种子的结成是很迟的，有的要到第二年一月可收。我推想这类种子当年必不能开花的了，讵知大不然，下种在四月，当初确实很细弱，但到六月以后，他们就加工赶长，竟能长到一丈多高与插枝一样。

凡新种的花一定是很大的，不像老种如“天女散花”与“金连环”等等永远培植不大也不高者。可是第一年的花瓣总是很单的，以后一年一年的多起来：而在初年，花的形状也易变更，第一年是很整齐的，或者次年是很坏了，几年之后始渐渐的固定。

我很爱“大富贵”，他正在与“素带”配合。牡丹是被称为富贵花的，然而这名字不能表示他所有性状的大部。我要改称这种菊花为“牡丹”，因为他有牡丹所有一切的美德，他的身材一直高到茅屋的顶篷再俯下头来，花的直径大过一尺；展开一瓣，可以做一群小鸟的窠，可以做一对彩蝶的衾褥。我也仰着头瞻望他，希望或者我将因他而有这样丰满这样灿烂的一个心。我明白，他不过是芥子的一小粒花蕾长大起来的，除少数有经验的以外，谁想到他是要成尺余大的花朵的。到现在，蜜蜂闹营营的阵阵飞来道贺，他虽静默着，也乐受蜂们的厚意。杨先生每晚拂刷“牡丹”的花粉送给“素带”；他身上是北京人常穿的蓝布大褂，然而他立在锦绣丛中可无愧色，他的服装因他的种菊而愈有荣誉了。我可预料而且急切的等待明年新颖种子的产出，我敢与杨鲁二先生约：“你们每年培植出新鲜颜色的菊种，而我也愿竭力研究我可怜的画盘中的颜色，希望能够追随。”这样两种美丽的花，在我们以为无可再美的了，不知明年还要产出许多的更美的新种，我真的神往了。对大众尽力表现这等奥妙是我们“做艺”人的天职；在不可能的时候，我们只有尽心超脱自己，虽然我是不以此为满足的。

一人在远隔人群的花房中，听晚来归去的水鸟单独的在长空中飞鸣，枯去的芦叶惊风而哀怨，花房的茅蓬也丝丝飘动，我自问是否比孤鸟衰草较有些希望。满眼的菊花是我的师范，而且做了陪伴我的好友。他们偏不与众草同尽，挺身抗寒，且留给人间永不磨灭的壮丽的印象。我手下正在画“趵突喷玉”，他用无穷的力，缕缕如花筒的放射出来。他是纯白的，然而是灿烂；他是倔强的，然而是建立在柔弱的身体上的。我心领这种教训了。

与杨先生合种菊花的鲁璧光先生正与杨先生同任舍务部职务的。每天正午是公余时间，轮到他来看护菊花。有一次，他引导几位客人来看菊，同时看我纸上的菊花，他看完每页时必移开得很缓，使不露出底下一张上我注有的花名。很高兴的，他与客人看了画猜出花的名字来，他说：“画到这样猜得出，可不容易了。”

当时我非但不觉得他的话对我过誉，我要想，难道画了会不像的？所以我还可以生气的。我自己所觉得可以骄傲的，我相信，在中国不会有人为他们画过这许多种，我对他们感激，而他们也当认我为难逢罢。

临行的前夜，我到俱乐部去向杨先生道别，他在看人下棋。这一次的谈话又给我许多很大的见识，其中有一段，他说：“北京曾有一人，画过一本菊谱。”我全神贯注的听他了。他继续说：“他们父女合画，那是画得精细，连叶脉都画得极真的。因为每一种的叶都不同，叶子比花还重要，花不是年年一样的，在一年内必定画不好。所以要画一定要自己种花，知道今年这花开好了，可以画了。那两位父女自己种花，而且画了五年才成的。”我以为我的画菊是空前的，然而这时候我无暇忏悔我以前的自满了，我渴想探问他，在那里可以见到这本菊谱，但我不敢急忙就说，于是曲折的先问：

“这位先生姓什么呢？”

“姓蔡的。”

“杨先生与他很熟识吗？”

“不熟识的。”

“能够间接介绍去一看吗？”

“我也只见过一页，那真精细，真的用功夫的呢。”

杨先生幼年时就种花，因为他的父亲是爱花的，而且他家已三代种菊了。

为什么自己以为是高尚以为是万能的人总是长着一样可憎的口鼻心思，用了这肉体与精神所结构的出品无非像泥模里铸出来的铁锅的冥顽而且脱不出旧样？菊花们却能在同样的一小粒花蕾中放出这样新奇这样变化富有一切的花朵，非无能的人所曾想象得到甚且看了也不会模仿的。有一种的花瓣细得如玉蜀黍的须了，一大束散着，人没有方法形容他的美，只给他

"棕榈拂尘"的一个没有生气的名字；有一种是玉白色的，返光闪闪，他的瓣宽得像莲花的样子，所以名为"银莲"，其实还只借用了别种自然物的名称，人不能给他一个更好的名字。还有可奇的，他们为了要不与他种苟同，奇怪得使我欲笑，有一种标明"黄鹅添毛"者，松花小鹅的颜色，每瓣钩曲如受惊的鹅头，挨挤在一群中。最妙的他怕学得不像，特在瓣上长了毛，表示真的受惊而毛悚了，题首的图就是。"黄鹅添毛"的名字我不喜欢，乃改称他为"小鹅"。

有许多名称是很有趣的，这胜过西洋的花名，然而也有不对的。况且种菊者各自定名，不适用于与人谈讲，最好能如各种科学名词的选择较好者应用，然而这还待先有一种精细而且丰富的菊谱出现。

一班人叫中国要亡了，为什么不去打仗；一班人叫闭门读书就是爱国。倘若这两种人知道我画了菊花甚且愿消费时间做无聊的笔记，必定要大加训斥的。我很知道中国近来病急乱投药的情形，他们是无足怪的。其实在用武之地非英雄的悲哀远比英雄无用武之地者为甚。现在的中国舆论不让人专学乐意的一小部分；因为缺人，所以各人拉弄他人入伍。实在像我这样的人只配画菊花的，本来不必劳这一班那一班人责备的——可是，我要对自己交代明白，我应该画他人不爱而我爱的菊花，一直画到老。我喜欢学他人所不喜欢学的东西，这将是我的长处。

做人二十七年了，以前知道有这许多菊花，知道这许多菊花的性情吗？我知道还有更多的事物为我所不知道的，就是关于菊花的也千倍万倍的多着，我想耐心而且尽力的去考究。宰平先生于讲起古琴时说北京各种专门家之多，可惜他们不说，没有方法知道他们。真的，我们在这富有的人海中感着寂寞感着干燥，可惜我们不知道愿意陪伴我们给我们滋润的人。我决定人间多着有智识懂得生活的人，不只是种菊一事。

快阁的紫藤花

徐蔚南

这种想象决不是仅我一人所有，无论谁看了这无数的花和蜂都将生出了种神秘的想象来。

细雨蒙蒙，百无聊赖之时，偶然从《花间集》里翻出了一朵小小的枯槁的紫藤花，花色早褪了，花香早散了。啊，紫藤花！你真令人怜爱呢！岂令怜爱你；我还怀念着你的姊妹们——一架白色的紫藤，一架青莲色的紫藤——在那个园中静悄悄地消受了一宵冷雨，不知今朝还能安然无恙否？

啊，紫藤花！你常住在这诗集里吧；你是我前周畅游快阁的一个纪念。

快阁是陆放翁饮酒赋诗的故居，离城西南三里，正是鉴湖绝胜之处；去岁初秋，我曾经去过了，寒中又重游一次，前周复去是第三次了。但前两次都没有给我多大印象，这次去后，情景不同了，快阁的景物时时在眼前显现——尤其使人难忘的，便是那园中的两架紫藤。

快阁临湖而建，推窗外望，远处是一带青山，近年是隔湖的田亩。田亩间分出红黄绿三色：红的是紫云英，绿的是豌豆叶，黄的是油菜花。一片一片互相间着，美丽得远胜人间锦绣。东向，丛林中，隐约间露出一个塔尖，尤有诗意，桨声渔歌又不时从湖面飞来。这样的景色，晴天固然极好，雨天也必神妙，诗人居此，安得不颓放呢！放翁自己说：

桥如虹，水如空，一叶飘然烟雨中，天教称翁。

是的，确然天叫他称放翁的。

阁旁有花园二，一在前，一在后。前现的一个又以墙壁分成为二，前半叠假山，后半凿小池。池中植荷花；如在夏日，红莲白莲，盖满一地，自当另有一番风味。池前有春花秋月楼，楼下有匾额曰“飞跃处”，此是指池鱼言。其实，池中只有很小很小的小鱼，要它跃也跃不起来，如何会飞跃呢？

园中的映山红和踯躅都很鲜艳，但远不及山中野生的自然。

自池旁折向北，便是那后花园了。

我们一踏进后花园，便有一架紫藤呈在我们眼前。这架紫藤正在开最盛的时候，一球一球重叠盖在架上的，俯垂在架旁的尽是花朵。花心是黄的，花瓣是洁白的，而且看上去似乎很肥厚的。更有无数的野蜂在花朵上下左右嗡嗡地叫着——乱哄哄地飞着。它们是在采蜜吗？它们是在舞蹈吗？它们是在和花朵游戏吗？……

我在架下仰望这一堆花，一群蜂，我便想象这无数的白花朵是一群天真无垢的女孩子，伊们赤裸裸地在一块儿拥着，抱着，偎着，卧着，吻着，戏着；那无数的野蜂便是一大群底男孩，他们正在唱歌给伊们听，正在奏乐给伊们听。渠们是结恋了。渠们是在痛快地享乐那阳春。渠们是在创造只有青春只有恋爱的乐土。

这种想象决不是仅我一人所有，无论谁看了这无数的花和蜂都将生出了种神秘的想象来。同我一块儿去的方君看见了也拍手叫起来，他向那低垂的一球花朵热烈地亲了个嘴，说道：“鲜美呀！呀，鲜美！”他又说：“我很想把花朵摘下两枝来挂在耳上呢！”

离开这架白紫藤十几步，有一围短短的东青，穿过一畦豌豆，又是一架紫藤。不过这一架是青莲色的，和那白色的相比，各有美处。但是就我个人说，却更爱这青莲色的，因为淡薄的青莲色呈在我眼前，便能使我感到一种和平，一种柔婉，并且使我有如饮了美酒，有如进了梦境。

很奇异，在这架花上，野蜂竟一只也没有。落下来的花瓣在地上已有薄薄的一层。原来这架花朵底青春已逝了，无怪野蜂散尽了。

我们在架下的石凳上坐了下来，观看那正在一朵一朵飘下的花儿。花也知道求人爱怜似的，轻轻地落了一朵在膝上，我俯下看时，颈项里感得飔飔地一冷，原来又是一朵。它接连着落下来，落在我们的眉上，落在我们的脚上，落在我们的肩上。我们在这又轻又软又香的花雨里几乎睡去了。

猝然“骨碌碌”一声怪响，我们如梦初醒，四目相向，颇形惊诧。即刻又是“骨碌碌”地响了。

方君说：“这是啄木鸟。”

临去时，我总舍不得这架青莲色的紫藤，便在地拾了一朵夹在《花间集》里。夜深人静的时候，我每取出这朵花来默视一会儿。

迟暮的花

何其芳

天空发出柔和的光辉，澄清又缥缈，使人想听见一阵高飞的云雀的歌唱，正如望着碧海想看见一片白帆。

秋天带着落叶的声音来了。早晨像露珠一样新鲜。天空发出柔和的光辉，澄清又缥缈，使人想听见一阵高飞的云雀的歌唱，正如望着碧海想看见一片白帆。

夕阳是时间的翅膀，当它飞遁时有一刹那极其绚烂的展开。于是薄暮。于是我忧郁地又平静地享受着许多薄暮在臂椅里，存街上，或者在荒废的园子里。是的，现在我在荒废的园子里的一块石头上坐着，沐浴着蓝色的雾，渐渐地感到了老年的沉重。

这是一个没有月色的初夜。没有游人。衰草里也没有蟋蟀的长吟。我有点儿记不清我怎么会走入这样一个境界里了。我的一双枯瘠的手扶在杖上，我的头又斜倚在手背上，仿佛倾听着黑暗，等待着一个不可知的命运在这静寂里出现。右边几步远有一木板桥。桥下的流水早已枯涸。跨过这丧失了声音的小溪是一林垂柳，在这夜的颜色里谁也描不出那一丝丝的绿了，而且我是茫然无所睹地望着它们。我的思想飘散在无边际的水波一样浮动的幽暗里。一种记忆的真实和幻想的糅合：飞着金色的萤火虫的夏夜；清凉的荷香和着浓郁的草与树叶的香气使湖边成了一个寒冷地方的热带；微风从芦苇里吹过；树荫罩得像一把伞。在月光的雨点下遮蔽了惊怯和羞涩……但突然这些都消隐了。我的思想从无边际的幽暗里聚集起来追问着自己。

我到底在想着一些什么呵？记起一个失去了的往昔的园子吗？还是在替这荒凉的地方虚构出一些过去的繁荣，像一位神话里的人物用莱琊琴声驱使冥顽的石头自己跳跃起来建筑载比城？当我正静静地想着而且阖上了眼睛，一种奇异的偶合发生了。

在那被更深沉的夜色所淹没的柳树林里，我听见了两个幽灵或者老年人带着轻缓的脚步声走到一只游椅前坐了下去，而且，一声柔和的叹息后，开始了低弱的但尚可辩解的谈话：

——我早已期待着你了。当我黄昏里坐在窗前低垂着头，或者半夜里伸出手臂触到了暮年的寒冷，我便预感到你要回来了。

——你预感到？

——是的。你没有这同样的感觉吗？

——我有一种不断地想奔回到你手臂里的倾向。在这二十年里的任何一天，只要你一个呼唤，一个命令。但你没有。直到现在我才勇敢地背弃了你的约言，没有你的许诺也回来了，而且发现你早已期待着我了。

——不要说太晚了。你现在微笑得更温柔。

——我最悲伤的是我一点也不知道这长长的二十年你是如何度过的。

——带着一种凄凉的欢欣。因为当我想到你在祝福着我的每一个日子，我便觉得它并不是不能忍耐的了。但近来我很悒郁。古人云，鸟之将死，其鸣也哀，仿佛我对于人生抱着一个大的遗憾；在我没有补救之前决不能得到最后的宁静。

——于是你便预感到我要回来了？

——是的。不仅你现在的回来我早已预感到，在二十年前我们由初识到渐渐亲近起来后，我就被一种自己的预言缠绕着，像一片不吉祥的阴影。

——你那时并没有向我说。

——我不愿意使你也和我一样不安。

——我那时已注意到你的不安。

——但我严厉地禁止我自己的泄露。我觉得一切沉重的东西都应该由我独自担负。

——现在我们可以像谈说故事一样来谈说了。

——是的，现在我们可以像谈说故事里的人物一样来谈说我们自己了。但一开头便是多么使我们感动的故事呵，在我们还不十分熟识的时候，一个三月的夜晚，我从独自的郊游回来，带着寂寞的欢欣和疲倦走进我的屋子，开了灯，发现了一束开得正艳丽的黄色的连翘花在我书桌上和一片写着你亲切的语句的白纸。我带着虔诚的感谢想到你生怯的手。我用一瓶清水把它供在窗台上。以前我把自己当作一个旁观者，静静地看着一位少女为了爱情而颠倒，等待这故事的自然的开展，但这个意外的穿插却很扰乱了我，那晚上我睡得很不好。

——并且我记得你第二天清早就出门了，一直到黄昏才回来，带着奇异的微笑。

——一直到现在你还不知道我怎样度过了那一天。那是一种惊惶，对于爱情的闯入无法拒绝的惊惶。我到一个朋友家里去过了一上午。我坐在他屋子里很雄辩地谈论着许多问题，望着墙壁上的一幅名画，蓝色的波涛里一只三桅船快要沉没。我觉得我就是那只船，我徒然伸出求援的手臂和可哀怜的叫喊。快到正午时，我坚决地走出了那位朋友的家宅。在一家街头的饭馆里独自进了我的午餐。

然后远远地走到郊外的一座树林里去。在那树林里我走着躺着又走着，一下午过去了，我给自己编成了一个故事。我想象在一个没有人迹的荒山深林中有一所茅舍，住着一位因为干犯神的法律而被贬谪的仙女。当她离开天国时预言之神向她说，若干年后一位年轻的神要从她茅舍前的小径上走过；假若她能用蛊惑的歌声留下了他，她就可以得救。若干年过去了。一个黄昏，她凭倚在窗前，第一次听见了使她颤悸的脚步声，使她激动地发出了歌唱。但那骄傲的脚步声踟蹰了一会儿便向前响去，消失在黑暗里了。

——这就是你给自己说的预言吗？为什么那年轻的神不被留下呢？

——假若被留下了他便要失去他永久的青春。正如那束连翘花，插在我的瓶里便成为最易凋谢的花了，几天后便飘落在地上像一些金色的足印。

——现在你还相信着永久的青春吗？

——现在我知道失去了青春人们会更温柔。

——因为青春时候人们是夸张的？

——夸张的而且残忍的。

——但并不是应该责备的。

——是的，我们并不责备青春……

倾听着这低弱的幽灵的私语直到这个响亮的名字，青春，像回声一样迷漫在空气中，像那痴恋着纳耳斯梭的美丽的山林女神因为得不到爱的报答而憔悴，而变成了一个声响，我才从化石似的瞑坐中张开了眼睛，抬起了头。四周是无边的寂静。

树叶间没有一丝微风吹过。新月如半圈金环，和着白色小花朵似的星星嵌在深蓝色的天空里。我感到了一点寒冷。我坐着的石头已生了凉露。于是我站起来扶着手杖准备回到我的孤独的寓所去。而我刚才窃听着的那一对私语者呢，不是幽灵也不是垂暮重逢的伴侣，是我在二十年前构思了许久但终于没有完成的四幕剧里的两个人物。那时我觉得他们很难捉摸描画，在这样一个寂寥地开展在荒废的园子里夜晚却突然出现了，因为今天下午看着墙上黄铜色的暖和的阳光，我记起了很久以前的一个秋天，我打开了一册我昔日嗜爱的书读了下去，突然我回复到十九岁时那样温柔而多感，当我在那里面找到了一节写在发黄的纸上的以这样两行开始的短诗：

在你眼睛里我找到了童年的梦，
如在秋天的园子里找到了迟暮的花……

爱是我们最后的希望

杏林子

生命的美就在不断地摸索学习，不断的淬炼塑造，不断的创造发现，付出的代价越大，也越见它的丰富完美。

很多年前，曾看过一篇翻译小说，是述说第一次世界大战时发生在欧洲战场上的一个故事。

当时，德法交战，战况激烈，双方都死伤累累。

一次战役后，双方暂时偃旗息鼓，开始清点死伤的士兵，同时派出医护人员巡视战场，抢救伤患。由于医护人员不足，只能先抢救那些尚有一息痊愈希望的伤患，对于那些伤势过重，根本不可能有生存希望的伤兵就只有放弃了。

有一位法国士兵，伤得极重，奄奄一息，不能说话，也无法动弹，军医检查了一下他的伤口，对其他人摇摇头说：

“伤得太重了，恐怕活不到明天早上!”

说罢，就丢下他，转身巡视其他伤兵。

这个法国士兵大惊，内心十分焦灼惶恐，不断在心里呐喊：

“求求你们，不要丢下我不管啊！”

“救救我，我还不想死……”

只不过，他伤得实在太重了，发不出任何声音来阻止他们，只有眼睁睁地看着他们离去，心中充满悲哀绝望。

战场像死一般地沉寂，身旁除了那些死去的伙伴之外，再也没有一个人。

夜，越来越深，他感到死神一步步向他逼近，他恐惧极了。他不能死啊!他不想死啊!他还有美丽的妻子、初生的婴儿，他们需要他，而他，还年轻啊!

他的眼皮越来越沉重，不断地往下垂。他很清楚，只要一昏迷，他就永远醒不过来了，永远回不到他的家乡，见不到他的妻儿。

他努力抗拒着死神的召唤，为了保持清醒，他强迫自己回想以往那些美好的日子。

他的出生地——法国南部乡下一个美丽的小镇，一望无际、随风起伏的麦田，他的那些小玩伴，一起在麦田中追逐嬉戏，多么快乐无忧的童年啊!

十七岁时，他第一次认识现在的妻子，金黄色的头发在阳光下闪闪发亮，一双清澈的大眼比夏日的晴空还要明亮，他立刻爱上了她。

那是多么甜蜜、令人陶醉的岁月啊!青春的生命、真挚的爱情，使他们彼此深深地吸引着。

至今，他仍然记得，他们第一次的约会，第一次的拥吻，第一次的……可爱的她终于接受了他的求婚，他欣喜若狂，恨不能告诉全世界的人这个好消息。

婚后没有多久，他们就有了自己的宝宝。当妻子告诉他这个消息时，他满怀感恩之情：上苍如此厚待他，人生将幸福圆满、一无缺憾。

抱着初生的婴儿，他有着为人父的骄傲，这是他生命的延续。他默默告诉自己，一定要好好栽培儿子，让他接受最好的教育，顺顺利利地长大……

然而，此刻他却无助地躺在战场上。天哪，他不能死啊!他不能让他美丽可爱的小妻子年纪轻轻就做了寡妇，尚在襁褓中的稚子成了无父的孤儿！他不能死在这里，他一定要回去，他的妻儿都在等着他。

夜色渐渐退去，天亮了，医护人员再一次巡视战场，发现他一息尚存，大感惊讶地说：

“这个人原来已经没救了，居然还能撑到现在，真是奇迹!”

他们把他抬回后方，在细心的照料下，这个法国士兵终于恢复健康，回到他日夜思念的故乡，他妻儿的怀抱。

这个故事深深感动着我，告诉我：支持我们活下去的最大的力量就是爱啊!

我病了这么多年，身心所遭受的磨难实非外人所能想象，特别是几次濒临死亡的边缘，连医生都已经摇头叹息，可是只要一想到年迈的双亲，我便深感不能丢下他们不管，忍心让白发人送黑发人。

我还有很多爱我也为我所爱的朋友。我多么舍不得离开他们！对于这块土地，我眷恋日深，还有很多事想做……每次想到这些，求生的欲望油然而生，一次又一次，我打败了死神，转危为安，人都以为是奇迹，我说不是，是因为爱!

想想看，在我们一生中，有多少值得我们爱的人和事，多少的牵挂不舍，尽管生命中也有那么多磨难和眼泪，但因为这些爱，就让我们好好活下去吧!

我生病时，只有十二岁，还是一个活泼天真，不解世事的孩子，生命的旅程一片锦绣，鸟语花香，无限的美景正展现在眼前。

然而，突然之间，我落入险恶的漩涡，无底深渊，我挣扎、抗拒、精疲力竭。面对着日益恶化的关节，前途茫茫，病愈无期，生命于我是多么沉重的负担啊。多少次，我想放弃活下去的权利，可是隐隐中又有股不甘心的感觉。我暗暗想，我已经吃了这样多苦，受了这样多罪，现在就放弃了，这一切不是白受了吗?

一年年过去，我忍着、熬着、挣扎着、奋斗着，由羸弱而茁壮，由怯懦而勇敢，由灰心丧胆而生气勃勃。生命的美就在不断地摸索学习，不断的淬炼塑造，不断的创造发现，付出的代价越大，也越见它的丰富完美。

也许生命的成长过程原本就是这样艰苦辛酸。经过茧的黑暗痛苦，经过蛹的挣扎蜕变，才有蛾的再生吧！回首前尘，尽管血泪斑驳，但我仍然感激，从苦难中，我更加体会生命的真实，奋斗的欢愉，以及与神同在的甘甜！

人生的路总免不了有坎坷，有风暴。当我们在面对自己的生命时，我们往往都是孤单的，没有谁能帮助你，或代替你。但，你无须逃避，无须推卸，无须灰心，无须诅咒，属于你的仍旧是你的，你终究要挑起你自己的担子，走你自己的路。

雪

鲁彦

人间的欢乐无平衡，人间的苦恼亦无边限。世界无终极之点，人类亦无末日之时。

美丽的雪花飞舞起来了。我已经有三年不曾见着它。去年在福建，仿佛比现在更迟一点，也曾见过雪。但那是远处山顶的积雪，可不是飞舞着的雪花。在平原上，它只是偶然地随着雨点洒下来几颗，没有落到地面的时候。它的颜色是灰的，不是白色；它的重量像是雨点，并不会飞舞。一到地面，它立刻融成了水，没有痕迹，也未尝跳跃，也未尝发出窸窣的声音，像江浙一带下雪子时的模样。这样的雪，在四十年来第一次看见它的老年的福建人，诚然能感到特别的意味，谈得津津有味，但在我，却总觉得索然。"福建下过雪"，我可没有这样想过。

我喜欢眼前飞舞着的上海的雪花。它才是"雪白"的白色，也才是花一样的美丽。它好像比空气还轻，并不从半空里落下来，而是被空气从地面卷起来的。然而它又像是活的生物，像夏天黄昏时候的成群的蚊蚋，像春天流蜜时期的蜜蜂，它的忙碌的飞翔，或上或下，或快或慢，或粘着人身，或拥入窗隙，仿佛自有它自己的意志和目的。它静默无声。但在它飞舞的时候，我们似乎听见了千百万人马的呼号和脚步声，大海的汹涌的波涛声，森林的狂吼声，有时又似乎听见了情人的切切的密语声，礼拜堂的平静的晚祷声，花园里的欢乐的鸟歌声……它所带来的是阴沉与严寒。但在它的飞舞的姿态中，我们看见了慈善的母亲，柔和的情人，活泼的孩子，微笑的花，温暖的太阳，静默的晚霞……它没有气息。但当它扑到我们面上的时候，我们似乎闻到了旷野间鲜洁的空气的气息，山谷中幽雅的兰花的气息，花园里浓郁的玫瑰的气息，清淡的茉莉花的气息……在白天，它做出千百种婀娜的姿态；夜间，它发出银色的光辉，照耀着我们行路的人，又在我们的玻璃窗上札札地绘就了各式各样的花卉和树木，斜的，直的，弯的，倒的；还有那河流，那天上的云……

现在，美丽的雪花飞舞了。我喜欢，我已经有三年不曾见着它。我的喜欢有如四十年来第一次看见它的老年的福建人。但是，和老年的福建人一样，我回想着过去下雪时候的生活，现在的喜悦就像这钻进窗隙落到我桌上的雪花似的，渐渐融化，而且立刻消失了。

记得某年在北京的一个朋友的寓所里，围着火炉，煮着全中国最好的白菜和面，喝着酒，剥着花生，谈笑得几乎忘记了身在异乡；吃得满面通红，两个人一路唱着，一路踏着吱吱地叫着的雪，踉跄地从东长安街的起头踱到西长安街的尽头，又忘记了正是异乡最寒冷的时候。这样的生活，和今天的一比，不禁使我感到惘然。上海的朋友们都像是工厂里的机器，忙碌得一刻没有休息；而在下雪的今天，他们又叫我一个人看守着永不会有人或电话来访问的房子。这是多么孤单，寂寞，乏味的生活。

“没有意思！”我听见过去的我对今天的我这样说了。正像我在福建的时候，对四十年来第一次看见雪的老年的福建人所说的一样。

但是，另一个我出现了。他是足以对着过去的北京的我射出骄傲的眼光来的我。这个我，某年在南京下雪的时候，曾经有过更快活的生活：雪落得很厚，盖住了一切的田野和道路。我和我的爱人在一片荒野中走着。我们辨别不出路径来，也并没有终止的目的。我们只让我们的脚欢喜怎样就怎样。我们的脚常常欢喜踏在最深的沟里。我们未尝感到这是旷野，这是下雪的时节。我们仿佛是在花园里，路是平坦的，而且是柔软的。我们未尝觉得一点寒冷，因为我们的心是热的。

“没有意思！”我听见在南京的我对在北京的我这样说了。正像在北京的我对着今天的我所说的一样，也正像在福建的我对着四十年来第一次看见雪的老年的福建人所说的一样。

然而，我还有一个更可骄傲的我在呢。这个我，是有过更快乐的生活的，在故乡：冬天的早晨，当我从被窝里伸出头来，感觉到特别的寒冷，隔着蚊帐望见天窗特别的阴暗，我就首先知道外面下了雪了。“雪落啦白洋洋，老虎拖娘娘……”这是我躺在被窝里反复地唱着的欢迎雪的歌。别的早晨，照例是母亲和姊姊先起床，等她们煮熟了饭，拿了火炉来，代我烘暖了衣裤鞋袜，才肯钻出被窝，但是在下雪天，我就有了最大的勇气。我不需要火炉，雪就是我的火炉。我把它捻成了团，捧着，丢着。我把它堆成了一个和尚，在它的口里，插上一支香烟。我把它当作糖，放在口里。地上的厚的积雪，是我的地毡，我在它上面打着滚，翻着筋斗。它在我的底下发出嗤嗤的笑声，我在它上面哈哈地回答着。我的心是和它合一的。我和它一样的柔和，和它一样的洁白。我同它到处跳跃，我同它到处飞跑着。我站在屋外，我愿意它把我造成一个雪和尚。我躺在地上愿意它像母亲似的在我身上盖下柔软的美丽的被窝。我愿意随着它在空中飞舞。我愿意随着它落在人的肩上。我愿意雪就是我，我就是雪。我年轻。我有勇气。我有最宝贵的生命力。我不知道忧虑，不知道苦恼和悲哀……

“没有意思！你这老年人！”我听见幼年的我对着过去的那些我这样说了。正如过去的那些我骄傲地对别个所说的一样。

不错，一切的雪天的生活和幼年的雪天的生活一比，过去的和现在的喜悦是像这钻进窗隙落到我桌上的雪花一样，渐渐融化，而且立刻消失了。

然而对着这时穿着一袭破单衣，站在屋角里发抖的或竟至于僵死在雪地上的穷人，则我的幼年时候快乐的雪天生活的意义，又如何呢？这个他对着这个我，不也在说着“没有意思！”的话吗？

而这个死有完肤的他，对着这时正在零度以下的长城下，捧着冻结了的机关枪，即将被炮弹打成雪片似的兵士，则其意义又将怎样呢？“没有意思！”这句话，该是谁说呢？

天呵，我不能再想了。人间的欢乐无平衡，人间的苦恼亦无边限。世界无终极之点，人类亦无末日之时。我既生为今日的我，为什么要追求或留恋今日的我以外的我呢？今日的我虽说是寂寞地孤单地看守着永没有人或电话来访问的房子，但既可以安逸地躲在房子里烤着火，避免风雪的寒冷；又可以隔着玻璃，诗人一般地静默地鉴赏着雪花飞舞的美的世界，不也是足以自满的吗？

抓住现实。只有现实是最宝贵的。

眼前雪花飞舞着的世界，就是最现实的现实。

看呵！美丽的雪花飞舞着呢。这就是我三年来相思着而不能见到的雪花。

故乡的杨梅

鲁彦

故乡的食物，我没有比这更喜欢的了。倘若我爱故乡，不如就说我完全是爱的这叫作杨梅的果子吧。

过完了长期的蛰伏生活，眼看着新黄嫩绿的春天爬上了枯枝，正欣喜着想跑到大自然的怀中，发泄胸中的抑抑，却忽然病了。

唉，忽然病了。

我这粗壮的躯壳，不知道经过了多少炎夏和严冬，被轮船和火车抛掷过多少次海角与天涯，尝受过多少辛劳与艰苦，从来不知道战栗或疲倦的呵，现在却呆木地躺在床上，不能随意地转侧了。

尤其是这躯壳内的这一颗心。它历年可是铁一样的。对着眼前的艰苦，它不会畏缩；对着未来的憧憬，它不肯绝望；对着过去的痛苦，它不愿回忆的呵，然而现在，它却尽管凄凉地往复的想了。

唉，唉，可悲呵，这病着的躯壳的病着的心。

尤其是对着这细雨连绵的春天。

这雨，落在西北，可不全像江南的故乡的雨吗？细细的，丝一样，若断若续的。

故乡的雨，故乡的天，故乡的山河和田野……还有那蔚蓝中衬着整齐的金黄的菜花的春天，藤黄的稻穗带着可爱的气息的夏天，蟋蟀和纺织娘们在濡湿的草中唱着诗的秋天，小船吱吱地独着沉默的薄冰的冬天……还有那熟识的道路，还有那亲密的故居……

不，不，我不想这些，我现在不能回去，而且是病着，我得让我的心平静：恢复我过去的铁一般的坚硬，告诉自己：这雨是落在西北，不是故乡的雨——而且不像春天的雨，却像夏天的雨。

不要那样想吧，我的可怜的心呵，我的头正像夏天的烈日下的汽油缸，将要炸裂了，我的嘴唇正干燥得将要迸出火花来了呢。让这夏天的雨来压下我头部的炎热，让……让……唉，唉，就说是故乡的杨梅吧……它正是在类似这样的雨天成熟的呵。

故乡的食物，我没有比这更喜欢的了。倘若我爱故乡，不如就说我完全是爱的这叫作杨梅的果子吧。

呵，相思的杨梅！它有着多么惊异的形状，多么可爱的颜色，多么甜美的滋味呀。

它是圆的，和大的龙眼一样大小，远看并不稀奇，拿到手里，原来它是遍身生着刺的哩。这并非是它的壳，这就是它的肉。不知道的人，一定以为这满身生着刺的果子是不能进口的了，否则也须用什么刀子削去那刺的尖端的吧？然而这是过虑。它原来是希望人家爱它吃它的。只要等它渐渐长熟，它的刺也渐渐软了，平了。那时放到嘴里，软滑之外还带着什么感觉呢？没有人能想得到，它还保存着它的特点，每一根刺平滑地在舌尖上触了过去，细腻柔软而且亲切——这好比最甜蜜的吻，使人迷醉呵。

颜色更可爱呢。它最先是淡红的，像娇嫩的婴儿的面颊，随后变成了深红，像是处女的害羞，最后黑红了——不，我们说它是黑的。然而它并不是黑，也不是黑红，原来是红的。太红了，所以像是黑。轻轻的啄开它，我们就看见了那新鲜红嫩的内部，同时我们已染上了一嘴的红水。说他新鲜红嫩，有的人也许以为一定像贵妃的肉色似的荔枝吧？嗳，那错了。荔枝的光色是呆板的，像玻璃，像鱼目；杨梅的光色却是生动的，像映着朝霞的露水呢。

滋味吗？没有十分成熟是酸带甜，成熟了便单是甜。这甜味可决不使人讨厌，不但爱吃甜味的人尝了一下舍不得丢掉，就连不爱吃甜味的人也会完全给它吸引住，越吃越爱吃。它是甜的，然而又依然是酸的，而这酸味，我们须待吃饱了杨梅以后，再吃别的东西的时候，才能领会得到。那时我们才知道自己的牙齿酸了，软了，连豆腐也咬不下了，于是我们才恍然悟到刚才吃多了酸的杨梅。我们知道这个，然而我们仍然爱它，我们仍须吃一个大饱。它真是世上最迷人的东西。

唉，唉，故乡的杨梅呵。

细雨如丝的时节，人家把它一船一船地载来，一担一担的挑来，我们一篮一篮的买了进来，挂一篮在檐口下，放一篮在水缸盖上，倒上一脸盆，用冷水一洗，一颗一颗的放进嘴里，一面还没有吃了，一面又早已从脸盆里拿起了一颗，一口气吃了一二十颗，有时来不及把它的核一一吐出来，便一直吞进了肚里。

“生了虫呢……蛇吃过了呢……”母亲看见我们吃得快，吃得多，便这样的说了起来，要我们仔细的看一看，多多的洗一番。

但我们并不管这些，它成了我们的生命，我们越吃越快了。

“好吃，好吃，”我们心里这样想着，嘴里却没有余暇说话。待肚子胀上加胀，胀上加胀，眼看着一脸盆的杨梅吃得一颗也不留，这才呆笨地挺着肚子，走了开去，叹气似的嘘出一声“咳”来……

唉，可爱的故乡的杨梅呵。

一年，二年……我已有十六七年不曾尝到它的滋味了。偶而回到故乡，不是在严寒的冬天，便是在酷热的夏天，或者杨梅还未成熟，或者杨梅已经落完了。这中间，曾经有两次，在异地见到过杨梅，比故乡的小，比故乡的酸，颜色又不及故乡的红。我想回味过去，把它买了许多来。

“长在树上，有虫爬过，有蛇吃过呢……”

我现在成了大人，有了知识，爱惜自己的生命甚于杨梅了。我用沸滚的开水去细细的洗杨梅，觉得还不够消除那上面的微菌似的。

于是它不但更不像故乡的，简直不是杨梅了。我只尝了一二颗，便不再吃下去。

最后一次我终于在离故乡不远的地方见到了可爱的故乡的杨梅。

然而又因为我成了大人，有了知识，爱惜自己的生命甚于杨梅，偶然发现一条小虫，也就拒绝了回味的欢愉。

现在我的味觉也显然改变了，即使回到故乡，遇到细雨如丝的杨梅时节，即使并不害怕从前的那种吃法，我的舌头应该感觉不出从前的那种美味了，我的牙齿应该不能像从前似的能够容忍那酸性了。

唉，故乡离开我愈远了。

我们中间横着许多鸿沟。那不是千万里的山河的阻隔，那是……

唉，唉，我到底病了。我为什么要想到这些呢？看呵，这眼前的如丝的细雨，不是若断若续地落在西北的春天里吗？

雨前

何其芳

一点雨声的幽凉滴到我憔悴的梦，也许会长成一树圆圆的绿荫来覆荫我自己。

最后的鸽群带着低弱的笛声在微风里划一个圈子后，也消失了。也许是误认这灰暗的凄冷的天空为夜色的来袭，或是也预感到风雨的将至，遂过早地飞回它们温暖的木舍。

几天的阳光在柳条上撒下的一抹嫩绿，被尘土埋掩得有憔悴色了，是需要一次洗涤。还有干裂的大地和树根也早已期待着雨。雨却迟疑着。

我怀想着故乡的雷声和雨声。那隆隆的有力的搏击，从山谷返响到山谷，仿佛春之芽就从冻土里震动，惊醒，而怒茁出来。细草样柔的雨声又以温存之手抚摩它，使它簇生油绿的枝叶而开出红色的花。这些怀想如乡愁一样萦绕得使我忧郁了。我心里的气候也和这北方大陆一样缺少雨量，一滴温柔的泪在我枯涩的眼里，如迟疑在这阴沉的天空里的雨点，久不落下。

白色的鸭也似有一点烦躁了，由不洁的颜色的都市的河沟里传出它们焦急的叫声。有的还未厌倦那船一样的徐徐地划行，有的却倒插它们的长颈在水里，红色的蹼趾伸在尾巴后，不停地扑击着水以支持身体的平衡。不知是在寻找沟底的细微的食物，还是贪那深深的水里的寒冷。

有几个已上岸了。在柳树下来回地作绅士的散步，舒息划行的疲劳。然后参差地站着，用嘴细细地梳理它们遍体白色的羽毛，间或又摇动身子或扑展着阔翅，使那缀在羽毛间的水珠坠落。一个已修饰完毕的，弯曲它的颈到背上，长长的红嘴藏没在翅膀里，静静合上它白色的茸毛间的小黑眼睛，仿佛准备睡眠。可怜的小动物，你就是这样做你的梦吗？

我想起故乡放雏鸭的人了。一大群鹅黄的雏鸭游牧在溪流间。清浅的水，两岸青青的草，一根长长的竹竿在牧人的手里。他的小队伍是多么欢欣地发出啁啾声，又多么驯服地随着他的竿头越过一个山野又一个山坡——夜来了，帐幕似的竹篷撑在地上，就是他的家。但这是怎样辽远的想象呵——在这多尘土的国土里，我仅只希望听见一点树叶上的雨声。一点雨声的幽凉滴到我憔悴的梦，也许会长成一树圆圆的绿荫来覆荫我自己。我仰起头。天空低垂如灰色的雾幕，落下一些寒冷的碎屑到我脸上。一只远来的鹰隼仿佛带着愤怒，对这沉重的天色的愤怒，平张的双翅不动地从天空斜插下，几乎触到河沟对岸的土阜，而又鼓扑着双翅，做出猛烈的声响腾上了。那样巨大的翅使我惊异，我看见了它两肋间斑白的羽毛。接着听见了它有力的鸣声，如同一个巨大的心的呼号，或是在黑暗里寻找伴侣的叫唤。

然而雨还是没有来。

黄昏

何其芳

我曾有一些带伤感之黄色的欢乐，如同三月的夜晚的微风飘进我梦里，又飘去了。

马蹄声，孤独又忧郁地自远至近，洒落在沉默的街上如白色的小花朵。我立住。一乘古旧的黑色马车，空无乘人，纡徐地从我身侧走过。疑惑是载着黄昏，沿途散下它阴暗的影子，遂又自近至远地消失了。

街上愈荒凉。暮色下垂而合闭，柔和地，如从银灰的归翅间坠落一些慵倦于我心上。我傲然，耸耸肩，脚下发出凄异的长叹。

一列整饬的宫墙漫长地立着。不少次，我以目光叩问它，它以叩问回答我：——黄昏的猎人，你寻找着什么？

狂奔的猛兽寻找着壮士的刀，美丽的飞鸟寻找着牢笼，青春不羁之心寻找着毒色的眼睛。我呢？

我曾有一些带伤感之黄色的欢乐，如同三月的夜晚的微风飘进我梦里，又飘去了。我醒来，看见第一颗亮着纯洁的爱情的朝露无声地坠地。我又曾有一些寂寞的光阴，在幽暗的窗子下，在长夜的炉火边，我紧闭着门而它们仍然遁逸了。我能忘掉忧郁如忘掉欢乐一样容易吗？

小山巅的亭子因暝色天空的低垂而更圆，而更高高地耸出林木的葱茏间，从它我得到仰望的惆怅。在渺远的昔日，当我身侧尚有一个亲切的幽静的伴步者，徘徊在这山麓下，曾不经意地约言：选一个有阳光的清晨登上那山巅去。但随后又不经意地废弃了。这沉默的街，自从再没有那温柔的脚步，逐日更荒凉，而我，竟惆怅又怨抑地，让那亭子永远秘藏着未曾发掘的快乐，不敢独自去攀登我甜蜜的想象所萦系的道路了。

窗子打通了大自然和人的隔膜，

把风和太阳引进来。

一个永远期待的灵魂死在门内，
一个永远找寻的灵魂死在门外。

每一个灵魂是一个世界，没有窗户。

而可爱的灵魂都是倔强的独语者。

我有一种不断地想奔回到你手臂里的倾向。

独语

何其芳

我尝自忖度：那使人类温暖的，我不是过分的缺乏了它就是充溢了它。两者都足以致病的。

设想独步在荒凉的夜街上一种枯寂的声响固执地追随着你，如昏黄的灯光下的黑色影子，你不知该对它珍爱抑是不能忍耐了：那是你脚步的独语。

人在孤寂时常发出奇异的语言，或是动作。动作也是语言的一种。

决绝的离开了绿蒂的维特，独步在阳光与垂柳的堤岸上，如在梦里。诱惑的彩色又激动了他作画家的欲望，遂决心试卜他自己的命运了；他从衣袋里摸出一把小刀子，从垂柳里掷入河水中。若是能看见它的落下他就将成就一个画家，否则不。那寂寞的一挥手使你感动吗？你了解吗？

我又想起了一个西晋人物，他爱驱车独游，到车辙不通之处就痛哭而返。

绝顶登高，谁不悲慨地一长啸呢？是想以他的声音填满宇宙的寥廓吗？等到追问时怕又只有沉默地低首了。我曾经走进一个古代的建筑物，画檐巨柱都争着向我有所诉说，低小的石栏也发出声息，像一些坚忍的深思的手指在上面呻吟，而我自己倒成了一个化石了。

昏黄的灯光下，放在你面前的是一册杰出的书，你将听见里面各个人物的独语。温柔的独语，悲哀的独语，或者狂暴的独语。黑色的门紧闭着：一个永远期待的灵魂死在门内，一个永远找寻的灵魂死在门外。每一个灵魂是一个世界，没有窗户。而可爱的灵魂都是倔强的独语者。

我的思想倒不是在荒野上奔驰。有一所落寞的古老的屋子，画壁漫漶，阶石上铺着白藓，像期待着最后的脚步：当我独自时我就神往了。

真有这样一个所在，或者是在梦里吗？或者不过是两章宿昔嗜爱的诗篇的糅合，没有关联的奇异的糅合：幔子半掩，地板已扫，死者的床榻上常春藤影在爬；死者的魂灵回到他熟悉的屋子里，朋友们在聚餐，嬉笑，都说着“明天明天”，无人记起“昨天”。

这是颓废吗？我能很美丽地想着“死”，反不能美丽地想着“生”吗？

我何以而又太息：“去者日以疏，生者日以亲？”是慨叹着我被冥冥之手牵张着一了网“人”如一粒蜘蛛蹲伏在中央。憎固愈令彼此疏离，爱亦徒增错误的挂系。谁曾在自己的网里顾盼，跳跃，感到因冥冥之丝不足一割遂甘愿受缚的怅恍吗？

人忘记了我，还是我忘记了人呢?

“这里是你的帽子”。或者“这里是你的纱巾，我们出去走走吧”，我还能说这些惯口的句子。而我那温和的沉默的朋友，我更记起他：他屋里有一个古怪的抽屉，精致的小信封，函着丁香花。或是不知名的扇形的叶子，像为着分我的寂寞而展示他温柔的记忆。墙上是一张小画片，翻过背面来，写着“月的渔女”。

唉。我尝自忖度：那使人类温暖的，我不是过分的缺乏了它就是充溢了它。

两者都足以致病的。

印度王子出游，看见生老病死，遂发自度度人的宏愿。我也倒想有一树菩提之阴，坐在下面思索一会儿。虽然我要思索的是另外一个题目。

于是，我的目光在窗上徘徊了。天色像一张阴晦的脸压在窗前，发出令人窒息的呼吸。这就是我抑郁的缘故吗？而又，在窗格的左角，我发现一个我的独语的窃听者了：像一个鸣蝉蜕弃的躯壳，向上蹲伏着，噤默的。噤默的，和着它一对长长的触须，三对屈曲的瘦腿。我记起了它是我用自己的手描画成的一个昆虫的影子，当它迟徐地爬到我窗纸上，发出孤独的银样的鸣声，在一个过逝的有阳光的秋天里。

简单

三毛

我爱哭的时候便哭，想笑的时候便笑，只要这一切出于自然。我不求深刻，只求简单。

许多时候，我们早已不去回想，当每一个人来到地球上时，只是一个赤裸的婴儿，除了躯体和灵魂，上苍没有让人类带来什么身外之物。等到有一天，人去了，去的仍是来的样子，空空如也。这只是样子而已。事实上，死去的人，在世上总也留下了一些东西，有形的，无形的，充斥着这本来已是拥挤的空间。

曾几何时，我们不再是婴儿，那份记忆也遥远得如同前生。回首看一看，我们普普通通的活了半生，周围已引出了多少牵绊，伸手所及，又有多少带不去的东西成了生活的一部分，缺了它们，日子便不完整。

许多人说，身体形式都不重要，境由心造，一念之间可以一花一世界，一沙一天堂。

这是不错的，可是在我们那么复杂拥挤的环境里，你的心灵看见过花吗？只一朵，你看见过吗？我问你的，只是一朵简单的非洲菊，你看见过吗？我甚而不问你玫瑰。

不了，我们不再谈沙和花朵，简单的东西是最不易看见的，那么我们只看看复杂的吧！

唉，连这个，我也不想提笔写了。

在这样的时代里，人们崇拜神童，没有童年的儿童，才进得了那窄门。人类往往少年老成，青年迷茫，中年喜欢将别人的成就与自己相比较，因而觉得受挫，好不容易活到老年仍是一个没有成长的笨孩子。我们一直粗糙的活着，而人的一生，便也这样过去了。我们一生复杂，一生追求，总觉得幸福的遥不可企及。不知那朵花啊，那粒小小的沙子，便在你的窗台上。你那么无事忙，当然看不见了。对于复杂的生活，人们怨天怨地，却不肯简化。心为形役也是自然，哪一种形又使人的心被役得更自由呢？

我们不肯放弃，我们忙了自己，还去忙别人。过分的关心，便是多管闲事，当别人拒绝我们的时候，我们受了伤害，却不知这份没趣，实在是自找的。

对于这样的生活，我们往往找到一个美丽的代名词，叫作“深刻”。简单的人，社会也有一个形容词，说他们是笨的。一切单纯的东西，都成了不好的。

恰好我又远离了家国。到大西洋的海岛上来过一个笨人的日子，就如过去许多年的日子一样。

在这儿，没有大鱼大肉，没有争名夺利，没有过分的情，没有载不动的愁，没有口舌是非，更没有解不开的结。

也许有其他的笨人，比我笨得复杂的，会说：你是幸运的，不是每个人都有一片大西洋的岛屿。唉，你要来吗？你忘了自己窗台上的那朵花了。怎么老是看不见呢？

你不带花来，这儿仍是什么也没有的。你又何必来？你的花不在这里，你的窗，在你心里，不在大西洋啊！

一个生命，不止是有了太阳、空气、水便能安然的生存，那只是最基本的。求生的欲望其实单纯，可是我们是人类，是一种贪得无厌的生物，在解决了饥饿之后，我们要求进步，有了进步之后，要求更进步，有了物质的享受之后，又要求精神的提升，我们追求幸福、快乐、和谐、富有、健康，甚而永生。最初的人类如同地球上漫游野地的其他动物，在大自然的环境里辛苦挣扎，只求存活。而后因为自然现象的发展，使他们组成了部落，成立了家庭。多少万年之后，国与国之间划清了界限，民与民之间，忘了彼此都只不过是人类。

邻居和自己之间，筑起了高墙，我们居住在他人看不见的屋顶和墙内，才感到安全自在。

人又耐不住寂寞，不可能离群索居，于是我们需要社会，需要其他的人和物来建立自己的生命。我们不肯节制，不懂收敛，泛滥情感，复杂生活起居。到头来，“成功”只是“拥有”的代名词。我们变得沉重，因为担负得太多，不敢放下。

当婴儿离开母体时，象征着一个躯体的成熟。可是婴儿不知道，他因着脱离了温暖潮湿的子宫觉得惧怕，接着在哭。人与人的分离，是自然现象，可是我们不愿。

我们由人而来，便喜欢再回到人群里去。明知生是个体，死是个体，但是我们不肯探索自己本身的价值，我们过分看重他人在自己生命里的参与。于是，孤独不再美好，失去了他人，我们惶惑不安。

其实，这也是自然。于是，人类顺其自然的受捆绑，衣食住行永无宁日的复杂，人际关系日复一日的纠缠，头脑越变越大，四肢越来越退化，健康丧失，心灵蒙尘。快乐，只是国王的新衣，只有聪明的人才看得见。童话里，不是每个人都看见了那件新衣，只除了一个说真话的小孩子。我们不再怀念稻米单纯的丰美，也不认识蔬菜的清香。我们不知四肢是用来活动的，也不明白，穿衣服只是使我们免于受冻。灵魂，在这一切的拘束下，不再明净。感官，退化到只有五种。如果有一个人，能够感应到其他的人已经麻木的自然现象，其他的人不但不信，而且好笑。

每一个人都说，在这个时代里，我们不再自然。每一个人又说，我们要求的只是那一点心灵的舒服，对于生命，要求的并不高。这是，我们同时想摘星。我们不肯舍下那么重的负担，那么多柔软又坚韧的纲，却抱怨人生的劳苦愁烦。不知自己便是住在一颗星球上，为何看不见它的光芒呢？

这里，对于一个简单的笨人，是合适的。对不简单的笨人，就不好了。我只是返璞归真，感到的，也只是早晨醒来时没有那么深的计算和迷茫。我不吃油腻的东西，我不过饱，这使我的身体清洁。我不做不可及的梦，这使我的睡眠安恬。我不穿高跟鞋折磨我的脚，这使我的步子更加悠闲安稳。我不跟潮流走，这使我的衣服永远长新，我不耻于活动四肢，这使我健康敏捷。

我避开无事时过分热络的友谊，这使我少些负担和承诺。我不多说无谓的闲言，这使我觉得清畅。我尽可能不去缅怀往事，因为来时的路不可能回头。我当心的去爱别人，因为比较不会泛滥。我爱哭的时候便哭，想笑的时候便笑，只要这一切出于自然。我不求深刻，只求简单。

窗

钱锺书

眼睛是灵魂的窗户，我们看见外界，同时也让人看到了我们的内心。

又是春天，窗子可以常开了。春天从窗外进来，人在屋子里坐不住，就从门里出去。不过屋子外的春天太贱了！到处是阳光，不像射破屋里阴深得那样明亮；到处是给太阳晒得懒洋洋的风，不像搅动屋里沉闷的那样有生气。就是鸟语，也似乎琐碎而单薄，需要屋里的寂静来做衬托。我们因此明白，春天是该镶嵌在窗子里看的，好比画配了框子。

同时，我们悟到，门和窗有不同的意义。当然，门是造了让人出进的。但是，窗子有时也可作为进出口用，譬如小偷或小说里私约的情人就喜欢爬窗子。所以窗子和门的根本分别，决不仅是有没有人进来出去。若据赏春一事来看，我们不妨这样说：有了门，我们可以出去；有了窗，我们可以不必出去。窗子打通了大自然和人的隔膜，把风和太阳引进来，使屋子里也关着一部分春天，让我们安坐了享受，无须再到外面去找。

古代诗人像陶渊明对于窗子的这种精神，颇有会心。《归去来辞》有两句道：“倚南窗以寄傲，审容膝之易安。”不等于说，只要有窗可以凭眺，就是小屋子也住得么？他又说：

“夏月虚闲，高卧北窗之下，清风飒至，自谓羲皇上人。”意思是只要窗子透风，小屋子可成极乐世界；他虽然是柴桑人，就近有庐山，也用不着上去避暑。所以，门许我们追求，表示欲望，窗子许我们占领，表示享受。这个分别。不但是住在屋里的人的看法，有时也适用于屋外的来人。一个外来者，打门请进，有所要求，有所询问，他至多是个客人，一切要等主人来决定。反过来说，一个钻窗子进来的人，不管是偷东西还是偷情，早已决心来替你做个暂时的主人，顾不到你的欢迎和拒绝了。

缪塞（Musset）在《少女做的是什么梦》那首诗剧里，有句妙语，略谓父亲开了门，请进了物质上的丈夫（materiel epoux），但是理想的爱人（ideal）。总是从窗子出进的。换句话说，从前门进来的，只是形式上的女婿，虽然经丈人看中，还待博取小姐自己的欢心；要是从后窗进来的，才是女郎们把灵魂肉体完全交托的真正情人。你进前门，先要经门房通知，再要等主人出现，还得寒暄几句，方能说明来意，既费心思，又费时间，那像从后窗进来的直接痛快？好像学问的捷径，在乎书背后的引得，若从前面正文看起，反见得迂远了。这当然只是在社会常态下的分别，到了战争等变态时期，屋子本身就保不住，还讲什么门和窗！

世界上的屋子全有门。而不开窗的屋子我们还看得到。这指示出窗比门代表更高的人类进化阶段。门是住屋子者的需要，窗多少是一种奢侈，屋子的本意，只像鸟窠兽窟，准备人回来过夜的，把门关上，算是保护。但是墙上开了窗子，收入光明和空气，使我们白天不必到户外去，关了门也可生活。屋子在人生里因此增添了意义，不只是避风雨、过夜的地方，并且有了陈设，挂着书画，是我们从早到晚思想、工作、娱乐、演出人生悲喜剧的场子。门是人的进出口，窗可以说是天的进出口。屋子本是人造了为躲避自然的胁害，而向四垛墙、一个屋顶里，窗引诱了一角天进来，驯服了它，给人利用，好比我们笼络野马，变为家畜一样。从此我们在屋子里就能和自然接触，不必去找光阴，换空气，光明和空气会来找到我们。所以，人对干自然的胜利，窗也是一个。不过，这种胜利，有如女人对于男子的胜利，表面上看来好像是让步——人开了窗让风和日光进来占领，谁知道来占领这个地方的就给这个地方占领去了！我们刚说门是需要，需要是不由人做得主的。譬如饿了就要吃，渴了就得喝。所以，有人敲门，你总得去开，也许是易卜生所说比你下一代的青年想冲进来，也许像德昆西论谋杀后闻打门声所说，光天化日的世界想攻进黑暗罪恶的世界，也许是浪子回家，也许是有人借债（更许是讨债），你愈不知道，怕去开，你愈想知道究竟，愈要去开。甚至每天邮差打门的声音，也使你起了带疑惧的希冀，因为你不知道而又愿知道他带来的是什么消息。门的开关是由不得你的。但是窗呢？你清早起来，只要把窗幕拉过一边，你就知道窗外有什么东西在招呼着你，是雪，是雾，是雨，还是好太阳，决定要不要开窗子。上面说过窗子算得奢侈品，奢侈品原是在人看情形斟酌增减的。

我常想，窗可以算房屋的眼睛。刘熙《释名》说："窗，聪也。于内窥外，为聪明也。"正和凯罗（Gottfried Keller）《晚歌》（Abendlied）起句所谓："双瞳如小窗（Fensterlein），佳景收历历。"同样地只说着一半。眼睛是灵魂的窗户，我们看见外界，同时也让人看到了我们的内心；眼睛往往跟着心在转，所以孟子认为相人莫良于眸子，梅特林克戏剧里的情人，接吻时不闭眼，可以看见对方有多少吻要从心里上升到嘴边。我们跟戴黑眼镜的人谈话，总觉得捉摸不住他的用意，仿佛他以假面具相对，就是为此。据爱戈门（Eckermann）记1830年4月5日歌德的谈话，歌德恨一切戴眼镜的人，说他们看得清楚他脸上的皱纹，但是他给他们的玻璃片耀得眼花缭乱，看不出他们的心境。窗子许里面人看出去，同时也许外面人看进来，所以在热闹地方住的人要用窗帘子，替他们私生活做个保障。晚上访人，只要看窗里有无灯光，就约略可以猜到主人在不在家，不必打开了门再问，好比不等人开口，从眼睛里看出他的心思。关窗的作用等于闭眼。天地间有许多景象是要闭了眼才看得见的，譬如梦。假使窗外的人声物态太嘈杂了，关了窗好让灵魂自由地去探胜，安静地默想。有时，关窗和闭眼也有连带关系，你觉得窗外的世界不过尔尔，并不能给予你什么满足，你想回到故乡，你要看见跟你分离的亲友，你只有睡觉，闭了眼向梦里寻去，于是你起来先关了窗。因为只是春天，还留着残冷，窗子也不能镇天镇夜不关的。

观火

梁遇春

我只要一走到火旁，立刻感到现实世界的重压一一消失，自己浸在梦的空气之中了。

独自坐在火炉旁边，静静地凝视面前瞬息万变的火焰，细听炉里呼呼的声音，心中是不专注在任何事物上面的，只是痴痴地望着炉火，说是怀一种惘怅的情绪，固然可以，说是感到了所有的希望全已幻灭，因而反现出恬然自安的心境，亦无不可。但是既未曾达到身如槁木，心如死灰的地步，免不了有许多零碎的思想来往心中，那些又都是和“火”有关的，所以把它们集在“观火”这个题目底下。

火的确是最可爱的东西。它是单身汉的最好伴侣。寂寞的小房里面，什么东西都是这么寂静的，无生气的，现出呆板板的神气，唯一有活气的东西就是这个无聊赖地走来走去的自己。虽然是个甘于寂寞的人，可是也总觉得有点儿怪难过。这时若使有一炉活火，壁炉也好，站着有如庙里菩萨的铁炉也好，红泥小火炉也好，你就会感到宇宙并不是那么荒凉了。火焰的万千形态正好和你心中古怪的想象携手同舞，倘然你心中是枯干到生不出什么黄金幻梦，那么体态轻盈的火焰可以给你许多暗示，使你自然而然地想入非非。她好像但丁《神曲》里的引路神，拉着你的手，走进荒诞的国土。人们只怕不会做梦，光剩下一颗枯焦的心儿，一片片逐渐剥落。倘然还具有梦想的学力，不管做的是狰狞凶狠的噩梦，还是融融春光的甜梦，那么这些梦好比会化雨的云儿，迟早总能滋润你的心田。看书会使你做起梦来，听你的密友细诉衷曲也会使你做梦，晨晴，雨声月光，舞影，鸟鸣，波纹，桨声，山色，暮霭……都能勾起你的轻梦，但是我觉得火是最易点着轻梦的东西。我只要一走到火旁，立刻感到现实世界的重压一一消失，自己浸在梦的空气之中了。有许多回我拿着一本心爱的书到火旁慢读，不一会儿，把书搁在一边，却不转睛地尽望着火。

那时我觉得心爱的书还不如火这么可喜。它是一部活书。对着它真好像看着一位大作家一字字地写下他的杰作，我们站在一旁跟着读去。火是一部无始无终，百读不厌的书，你哪回看到两个形状相同的火焰呢！拜伦说："看到海而不发出赞美词的人必定是个傻子。"我是个沧海曾经的人，对于海却总是漠然地，这或者是因为我会晕船的缘故罢！我总不愿自认为傻子。但是我每回看到火，心中常想唱出赞美歌来。若使我们真有个来生，那么我只愿下世能够做一个波斯人，他们是真正的智者，他们晓得拜火。

记得希腊有一位哲学家——大概是Zeno罢——跳到

火山的口里去，这种死法真是痛快，在希腊神话里，火神（Hephaestusor Vulcan）是个跛子，他又是一个大艺术家。天上的宫殿同盔甲都是他一手包办的。当我靠在炉旁时候，我常常期望有一个黑脸的跛子从烟里冲出，而且我相信这位艺术家是没有留了长头发同打一个大领结的。

在《现代丛书》（Modern Library）的广告里，我常碰到一个很奇妙的书名，那是唐南遮（D'annvnzio）的长篇小说《生命的火焰》（The Flane of Life）。唐南遮的著作我一字都未曾读过，这本书也是从来没有看过的，可是我极喜欢这个书名，《生命的火焰》这个名字是多么含有诗意，真是简洁他说出人生的真相。生命的确是像一朵火焰，来去无踪，无时不是动着，忽然扬焰高飞，忽然消沉将熄，最后烟消火灭，留下一点残灰，这一朵火焰就再也燃不起来了。我们的生活也该像火焰这样无拘无束，顺着自己的意志狂奔，才会有生气，有趣味。我们的精神真该如火焰一般地飘忽莫定，只受里面的热力的指挥，冲倒习俗、成见、道德种种的藩篱，一直恣意干去，任情飞舞，才会迸出火花，幻出五色的美焰。否则阴沉沉地，若存若亡地草草一世，也辜负了创世主叫我们投生的一番好意了。我们生活内一切值得宝贵的东西又都可以用火来打比。热情如沸的恋爱，创造艺术的灵悟，虔诚的信仰，求知的欲望，都可以拿火来做象征。Heraclitus真是绝等聪明的哲学家，他主张火是宇宙万物之源。难怪得二千多年后的柏格森诸人对着他仍然是推崇备至。火是这么可以做人生的象征的，所以许多民间的传说都把人的灵魂当作一团火。

爱尔兰人相信一妇人若使梦见一点火花落在她口里或者怀中，那么她一定会怀孕，因为这是小孩的灵魂。希腊神话里，Prometheus（普罗米修斯）做好了人后，亲身到天上去偷些火下来，也是这种的意思。有些诗人心中有满腔的热情，灵魂之火太大了，倒把他自己燃烧成灰烬，短命的济慈就是一个好例子。可惜我们心里的火都太小了有时甚至于使我们心灵感到寒战，怎么好呢?

我家乡有一句土谚：“火烧屋好看，难为东家。”火烧屋的确是天下一个奇观。无数的火舌越梁穿瓦，沿窗冲天地飞翔，弄得满天通红了，仿佛地球被掷到熔炉里去了，所以没有人看了心中不会起种奇特的感觉，据说尼罗王因为要看大火，故意把一个大城全烧了，他可说是知道享福的人，比我们那班做酒池肉林的暴君高明得多。我每次听到美国那里的大森林着火了，燃烧得一两个月，我就怨自己命坏，没有在哥伦比亚大学当学生。不然一定要告个病假，去观光一下。

许多人没有烟瘾，抽了烟也不觉得什么特别的舒服，却很喜欢抽烟，违了父母兄弟的劝告，常常抽烟，就是身上只剩一角小洋了，还要拿去买一盒烟抽，他们大概也是因为爱同火接近的缘故罢！最少，我自己是这样的。所以我爱抽烟斗，因为一斗的火是比纸烟头一点儿的火有味得多。有时没有钱买烟，那么拿一匣的洋火，一根根擦燃，也很可以解这火瘾。

离开北方已经快两年了，在南边虽然冬天里也生起火来，但是不像北方那样一冬没有熄过地烧着，所以我现在同火也没有像在北方时那么亲热了。回想到从前在北平时一块儿烤火的几位朋友，不免引起惆怅的心情，这篇文字就算做寄给他们的一封信罢！

野草

夏衍

这种不落在肥土而落在瓦砾中，
有生命力的种子决不会悲观和叹气，
因为有了阻力才有磨炼。

有这样一个故事。

有人问：世界上什么东西的气力最大？回答纷纭的很，有的说“象”，有的说“狮”，有人开玩笑似的说：是“金刚”。金刚有多少气力，当然大家全不知道。结果，这一切答案完全不对，世界上气力最大的，是植物的种子。一粒种子所可以所显现出来的力，简直是超越一切。

这儿又是一个故事。

人的头盖骨，结合得非常致密与坚固，生理学家和解剖学者用尽了一切的方法，要把它完整地分出来，都没有这种力气。后来忽然有人发明了一个方法，就是把一些植物的种子放在要剖析的头盖骨里，给它以温度与湿度，使它发芽。一发芽，这些种子便以可怕的力量，将一切机械力所不能分开的骨骼，完整地分开了，植物种子力量之大，如此如此。

这，也许特殊了一点，常人不容易理解。那么，你看见笋的成长吗？你看见过被压在瓦砾和石块下面的一棵小草的生成吗？它为着向往阳光，为着达成它的生之意志，不管上面的石块如何重，石块与石块之间如何狭，它必定要曲曲折折地，但是顽强不屈地透到地面上来。它的根往土壤里钻，它的芽往地面上挺，这是一种不可抗的力，阻止它的石块，结果也被它掀翻，一粒种子的力量的大，如此如此。

没有一个人将小草叫作“大力士”，但是它的力量之大，的确是世界无比。这种力，是一般人看不见的生命力，只要生命存在，这种力就要显现，上面的石块，丝毫不足以阻挡，因为它是一种“长期抗战”的力，有弹性，能屈能伸的力，有韧性，不达目的不止的力。

这种不落在肥土而落在瓦砾中，有生命力的种子决不会悲观和叹气，因为有了阻力才有磨炼。生命开始的一瞬间就带了斗争来的草，才是坚韧的草，也只有这种草，才可为傲然地对那些玻璃棚中养育着的盆花哄笑。

昆虫的故事

孙犁

而童年的欢乐，又在于黄昏。黄昏的欢乐，又多在春天和夏天，又常常和昆虫有关。

人的一生，真正的欢乐，在于童年。成年以后的欢乐，则常带有种种限制。例如说：寻欢取乐；强作欢笑；甚至以苦为乐等。

而童年的欢乐，又在于黄昏。这是因为：一天劳作之后，晚饭未熟之前，孩子们是可以偷一些空闲，尽情玩一会儿的。时间虽短，其欢乐的程度，是大大超过青年人的人约黄昏后的情景的。

黄昏的欢乐，又多在春天和夏天，又常常和昆虫有关。

一是捉黑老婆虫。

这种昆虫，黑色，有硬壳，但下面又有软翅。当村边的柳树初发芽时，它们不知从何处飞来，群集在柳枝上。儿童们用脚一踢树干，它们就纷纷落地装死。儿童们争先恐后地把它们装入瓶子，拿回家去喂鸡。我们的童年，即使是游戏，也常常和衣食紧密相连。

二是摸爬爬儿。

爬爬儿是蝉的幼虫，黄昏时从地里钻出来，爬到附近的树上，或是篱笆上。第二天清晨，脱去一层黄色的皮，就变成了蝉。

摸蝉的幼虫，有两种方式。一是摸洞，每到黄昏，到场边树下去转悠，看到有新挖开的小洞，用手指往里一探，幼虫的前爪，就会钩住你的手指，随即带了出来。这种洞是有特点的，口很小，呈不规则圆形，边缘很薄。我幼年时，是察看这种洞的能手，几乎百无一失。另一种方式是摸树。这时天渐渐黑了，幼虫已经爬到树上，但还停留在树的下部，用手从树的周围去摸。这种方式，有点碰运气，弄不好，还会碰到别的虫子，例如蝎子，那就很倒霉了。而且这时母亲也就要喊我们回家吃饭了。

捉了蝉的幼虫，回家用盐水泡起来，可以煎着吃。

三是抄老道儿。

我们那里，沙地很多，都是白沙，一望无垠，洁白如雪，人们就种上柳子。柳子地，是我童年的一大乐园。玩累了，坐在沙地上，就会看见有很多小酒盅似的坑儿。里面光滑整洁，无声无息，偶尔有一个蚂蚁或是小飞虫，滑落到里面，很快就没有踪迹了。我们一边嘴里念念有词："老道儿，老道儿，我给你送肉吃来了。"一边用手往沙地深处猛一抄，小酒盅就到了手掌，沙土从指缝里流落，最后剩一条灰色软体的，形似书鱼而略大的小爬虫在掌心。这种虫子就叫老道儿。它总是倒着走，把它放在沙地上，它迅速地倒退着，不久就又形成一个窝，它也不见了。

它的头部，有两只很硬的钳子。别的小昆虫一掉进它的陷阱，被它拉进土里吃掉，这就叫无声的死亡，或者叫莫名其妙的死亡。

现在想来：道家以清静无为、玄虚冲淡为教旨。导引吐纳、餐风饮露以延年。虫之所为，甚不类矣。何以千古相传，赐此嘉名？岂农民对诡秘之行，有所讽喻乎？

图书在版编目（CIP）数据

剪一缕月光 / 汪曾祺等著. --北京：九州出版社，2018.1

ISBN 978-7-5108-6659-3

Ⅰ. ①剪… Ⅱ. ①汪… Ⅲ. ①散文集－中国 Ⅳ. ①I26

中国版本图书馆CIP数据核字（2018）第034117号

剪一缕月光

作　　者　汪曾祺等　著
出版发行　九州出版社
地　　址　北京市西城区阜外大街甲35号（100037）
发行电话　（010）68992190/3/5/6
网　　址　www.jiuzhoupress.com
电子信箱　jiuzhou@jiuzhoupress.com
印　　刷　三河市中晟雅豪印务有限公司
开　　本　700毫米×970毫米　32开
印　　张　6.5
字　　数　139千字
版　　次　2018年4月第1版
印　　次　2018年4月第1次印刷
书　　号　ISBN 978-7-5108-6659-3
定　　价　28.00元